◇ Weil ich euch liebe ◇

Bibliografische Information der Deutschen Nationalbibliothek:
Die Deutsche Nationalbibliothek verzeichnet diese
Publikation in der Deutschen Nationalbibliografie; de-
taillierte bibliografische Daten sind im Internet über
http://dnb.dnb.de abrufbar.

Karen Kerr

Text © 2015 Karen Kerr
Alle Rechte vorbehalten

Lektorat: Sarah Gerstenberger

Cover: Linda Woods Designs & Cover
Model unten: logoff/Depositphotos.com;
Model oben: cokacoka/Depositphotos.com

Herstellung und Verlag:
BoD – Books on Demand, Norderstedt

ISBN 978-3-7386-2939-2

1. Die mysteriöse Einladung

Wie jeden Dienstag seit sieben Wochen drängelte ich mich auch heute wortlos an den Leuten meiner Selbsthilfegruppe „Die verlorenen Seelen" vorbei, um mir den nächstbesten freien Stuhl zu schnappen. Der klägliche Haufen, der sich wöchentlich hier zusammenfand, um die sexuellen Sünden zu bekämpfen, deprimierte mich ungemein. Daher hielt ich mich nie mit Smalltalk auf und Bekanntschaften schließen war mir ein Gräuel. Desinteressiert beobachtete ich meine Mitstreiter und konnte mir ein Grinsen nicht verkneifen, als ich Sally dabei zusah, wie sie sich in ihrem hautengen pinkfarbenen Cocktailkleid an Will ranschmiss, den fremdgehenden Hausmann. Ernsthaft, wer kam in so einem Aufzug zu einer Selbsthilfegruppe? Ihr Gesicht sah aus als sei sie in einen grellen Farbtopf gefallen, mehrmals hintereinander. Anscheinend befand sie ihre Kriegsbemalung jedoch für attraktiv, und wer war ich schon, dass ich anderen Leuten Vorhaltungen machte?

Ich war nur hier, weil mein letzter Freund, bevor auch er das Weite gesucht hatte, der Ansicht gewesen war, dass etwas Gewaltiges in meinem Kopf schiefgelaufen sei. Natürlich gingen unsere Meinungen da stark auseinander, doch nachdem die Lebensdauer meiner ehemaligen Beziehungen meist mit der von Eintagsfliegen konkurrierte, hatte ich mich zu einem Termin bei einem Psychodoc durchgerungen, der mir schließlich diesen traurigen Haufen eingebrockt hatte, vor dem ich mich auch heute wieder versuchte unsichtbar zu machen.

»Ich freue mich, dass ihr auch diese Woche so zahlreich erschienen seid, dann lasst uns doch sogleich mit der Vorstellung beginnen. Sally möchtest du?« Die nasale Stimme von Jacob, dem „Rudelführer", wie ich ihn heimlich nannte, schmerzte tief in meinem Trommelfell und der Drang, mir dieses herauszukratzen, nahm überhand. Natürlich sprang Sally sofort auf und ihre gemachten Titten bewegten sich keinen Millimeter dabei.

»Hi ihr Süßen, mein Name ist Sally und ich bin so liebreizend wie der Klang meines wundervollen Namens es vermuten lässt.« Kichernd fing sie ihre allwöchentliche Vorstellung an und sogleich meldete mein Brechreiz sich aufs Heftigste. Ich versuchte ihre schrille Stimme auszublenden und ließ meinen Blick durch die Runde schweifen. Die meisten von ihnen waren schon da gewesen, als ich dazugestoßen war. Nicht jeder hält die Moralpredigten Woche um Woche durch, und viele der Gesichter, die ich zu Anfang gesehen hatte, waren verschwunden. Ein paar waren neu, zumindest kam es mir so vor als kannte ich sie nicht, möglicherweise schon, meine Aufnahmefähigkeiten waren in dieser Runde äußerst begrenzt. Die meiste Zeit saß ich stumm auf meinem Stuhl, wartete, bis es vorbei war, und verlor mich in Erinnerungen meiner letzten Aben-

teuer, was natürlich angesichts meines Anwesen-
heitsgrundes das reinste Sakrileg war.

»Lexi, möchtest du dich nicht vorstellen?«

Jacobs Stimme riss mich aus der sehr intimen Trau-
mumarmung zweier Männer und widerwillig stand
ich auf, während mich alle anstarrten. Ich schien
erneut derart in meinen Gedanken versunken gewesen zu sein, dass ich die anderen Vorstellungen
mal wieder verpasst hatte und wie üblich die Letzte war. »Hi, ich bin Lexi. Ich liebe Sex in all seinen
Spielarten, worunter bisher jede Partnerschaft ge-
litten hat. So, here I am.« Ich wollte mich gerade
setzen, da begann Jacob mit seinem dämlichen
Gruppenmantra, das immer am Ende jeder Vorstel-
lungsrunde erfolgte. Oder nach Gesprächen, Lie-
dern, Erzählungen, eigentlich nach allem, was er
tat.

»Lasst uns an den Händen fassen und für unsere
Seelenreinigung beten.« Ich hätte ihm am liebsten
vor die Füße gekotzt, dann hätte er wenigstens was
zu reinigen gehabt. Aber ich war ja hier, weil ich
mir selbst Besserung gelobt hatte, und so ließ ich
es zu, dass sich die kalten, klammen Hände der anderen Mitglieder in meine schoben, und ertrug das
bescheuerte Gebet für die Reinigung unseres Hei-
ligsten.

Während ich zutiefst bedauerte, dass das Beamen
noch nicht erfunden worden war, streifte mein
Blick den von Raul, unseren heißesten Neuzugang.
Das Sahneschnittchen sah genau so aus, wie man
es sich bei diesem rassigen Namen vorstellt.

Dunkle verwegene Augen, die zumeist von seinem blauschwarzen Haar verdeckt waren, welches ihm neckisch in die Stirn fiel. Seine gebräunte Haut war hin und wieder unter all den Klamotten zu erhaschen und wieder einmal verfluchte ich die kalte Jahreszeit. Ich versuchte ihn so gut es ging zu ignorieren, doch es fiel mir unheimlich schwer. *Ich meine - Hallo? Wem würde das nicht schwerfallen, solch eine leckere Augenweide nicht anzustarren.*

Seufzend zwang ich mich, den Blick zu senken und der Versuchung zu widerstehen. Ich war hier, um meine - scheinbar - kranke Sexsucht zu überwinden und augenscheinlich versagte ich dabei auf ganzer Linie. Das war kein guter Fortschritt, überhaupt nicht.

Plötzlich spürte ich seinen Blick auf mir, der sich tief in meinen grub, wo er die Asche von neuem entfachte, die den inneren Scheiterhaufen meiner unkontrollierbaren Libido umgab. Ich bekam kaum noch Luft und betete, dass die Stunde bald vorbei sein würde, damit ich mich in meine vier Wände einschließen konnte. Alleine. Vielleicht mit einer netten Auswahl batteriebetriebenem Plastikspielzeug.

Dankbar stand ich dreißig Minuten später auf dem Parkplatz vor dem alten Geschäftsgebäude, in dem die wöchentlichen Sitzungen stattfanden, und kramte genervt in meiner Handtasche nach dem Autoschlüssel. Himmel, wozu hat man uns Taschen geschenkt, wenn sie zum Bermudadreieck wurden, sobald man etwas suchte? Da streifte meine Hand einen Gegenstand, der sich zuvor noch nicht darin befunden hatte. Stirnrunzelnd zog ich die Tasche auseinander und sah hinein. Ein Brief? Irritiert holte ich ihn heraus und betrachtete den Umschlag staunend. Wer schrieb mir einen Brief und wie zum Teufel kam dieser in mein Heiligtum? Misstrauisch beäugte ich die Umgebung, doch ich konnte niemanden ausmachen, der mich beobachtete, also riss ich das feine Seidenpapier des Umschlags ungeduldig auf.

Es war eine Einladung. Überrascht hielt ich die Luft an. Auf goldenem Papier stand in einer wundervollen, altmodischen Handschrift geschrieben:

Lebe die Wonnen der zügellosen Leidenschaft bis an Deine Grenzen aus,
teile die Sinnlichkeit der sexuellen Begierde mit ausgesuchten Mitgliedern
und erlebe eine nie zuvor gekannte Ekstase und Befriedigung.
Exklusiv im Club Secret

Ich las die wenigen Zeilen immer und immer wieder, doch ich konnte mir keinen Reim darauf machen. Jemand hatte mir eine Einladung zukommen lassen, zu einem exklusiven Club? Und wenn ich die Worte richtig deutete, dann wurde dort gewiss nicht Schach gespielt. Ein Schaudern erfasste mich und ich stöhnte auf, denn ich kannte dieses Vorzeichen, das war überhaupt nicht gut. Ich hatte angebissen. Nachdenklich nagte ich an meiner Unterlippe und las den letzten Satz.

Deine Initiation: Samstag, den 14. Februar, 20 Uhr.

Dieses Wochenende also, am Valentinstag, hm. Ich schloss die Augen und versuchte ein letztes Mal, mich nicht von dem Weg abzubringen, den ich mir selbst aufgezwungen hatte. Ich wollte eines Tages eine normale Partnerschaft führen, in der mir die Zuwendung und Leidenschaft eines einzigen Mannes genügte, ein normales Leben haben.

Dennoch ertappte ich mich dabei, tatsächlich darüber nachzudenken. Sieben Wochen war eine verdammt harte und lange Zeit der Entbehrungen gewesen, sollte ich die Fortschritte wirklich alle über Bord werfen?

Club Secret. Ich ließ mir den Namen auf der Zunge zergehen und eine vielversprechende Ahnung erfasste mich. Dieser Club hörte sich nicht an als ob er besonders züchtig sei, auch wenn um Abendkleidung gebeten worden war. *Perfekt.* Ein letztes Mal atmete ich tief durch und stieg in mein Auto. »Scheiß auf das Zölibat«, grinste ich, drehte den Schlüssel um und gab Gas.

2. Die Initiation

Ich gebe zu, in meinen bisherigen sechsundzwanzig Jahren war ich kein Kind von Traurigkeit gewesen. Selbst wenn ich mich auf eine Beziehung eingelassen hatte, dann war da stets dieser unterschwellige Drang gewesen, etwas verpassen zu können und die Verlockung auf ein neues Abenteuer hatte zumeist obsiegt. Ich war also gewiss kein unschuldiges Mauerblümchen, und doch stand ich an diesem Samstagabend vor dem mannshohen Spiegel in meinem Schlafzimmer und blickte mich nervös darin an.

Vor etwa einer Stunde hatte es geläutet, doch anstatt eines unerwarteten Besuchers hatte ich einen in Gold gefassten Karton vorgefunden, in welchem in feinster Seide eingebettet die Schönheit gelegen hatte, die ich nun von allen Seiten im Spiegel bewunderte.

Das lange, bordeauxfarbene Abendkleid reichte bis zum Boden, obwohl ich mit meinen ein Meter siebenundsiebzig nicht gerade klein war. Es schmiegte sich eng an meinen Körper und war im Meerjungfrauenstil geschnitten, mit einer kleinen Schleppe am unteren Auslauf. Die Besonderheit an diesem raffinierten Kleid war, dass das Oberteil, welches ärmellos im Nacken zusammenlief, aus feinster Spitze genäht worden war, unter welcher sich die Wölbung meiner Brüste deutlich abzeichnete.

Staunend betrachtete ich meinen nackten Rücken und den Ansatz meines Hinterns, der unter dem tiefen Ausschnitt des rückenfreien Kleides gerade zu erahnen war.

Dieses Kleid war pure Sünde und ich konnte mir ein Grinsen nicht verkneifen. Wer auch immer mir heimlich Einladungen und perfekt sitzende Abendgarderobe zukommen ließ, ich schuldete ihm was. Die Aufregung wandelte sich in Erregung und Vorfreude, und nun konnte ich es kaum erwarten, bis ich endlich abgeholt wurde. Ein letztes Mal kontrollierte ich, ob meine von Natur aus rötlichen, langen Haare noch perfekt in der Hochsteckfrisur saßen, die mich mehr Nerven als Zeit gekostet hatte, und ob ich den roten Lippenstift nicht erneut versehentlich verschmiert hatte, weil ich permanent vor Aufregung auf meinen Lippen nagte. Nope, alles, wie es sein sollte, selbst der Lidstrich über meinen grau-grünen Augen war noch ganz. Heute schien mein Glückstag zu sein. Selbstredend befanden sich auch keine störenden Härchen mehr an Stellen, wo sie nichts zu suchen hatten, ich war für einen ausschweifenden Abend so bereit, wie man es nur sein konnte.

Ich saß in der Limousine, die mich auf die Sekunde genau abgeholt hatte, und versuchte vergeblich, einen Blick unter der Augenbinde zu erhaschen, die der Fahrer mir angelegt hatte. Missmutig ließ ich meine Gedanken um den mysteriösen Gönner schweifen und nippte an dem prickelnden Champagner, den ich nicht mehr aus der Hand gab, weil ich Angst hatte, ihn umzukippen. Nun gut, und weil er wirklich schmeckte. Diese Einladung und der Club waren offensichtlich so geheim, dass ich nicht sehen durfte, wohin wir fuhren. Meine Nervosität steigerte sich von Minute zu Minute und immer wieder glitten meine Hände den teuren Stoff der freizügigen Abendrobe entlang, unter der ich nichts weiter trug, als einen kleinen, schwarzen Spitzentanga.

Ich versuchte mich daher abzulenken, indem ich über meine Vergangenheit nachdachte. Im Grunde war ich kein schlechter Mensch und hatte meine Beziehungen niemals mit dem Vorsatz geführt, sie nach kurzer Zeit wieder zu beenden oder mich anderweitig zu vergnügen. Zu Beginn, wenn alles noch in flauschige Watte gepackt war, dann war es immer wundervoll gewesen. Nach einiger Zeit jedoch, manchmal waren es Wochen, manchmal Monate, hatte sich etwas verändert. Wenn die warme, weiche Hülle langsam verschwand und die Realität Oberhand nahm, wenn der Alltag sich in den Vordergrund spielte, dann hatte es immer begonnen: der Anfang vom Ende.

Ich weiß, dass die meisten Paare diese unsichtbare Hürde problemlos zu überwinden schienen, doch ich war offensichtlich anders. Sobald die Magie der Gefühle mich nicht mehr in ihrem Griff hatte, begann die bodenlose Leere an mir zu nagen. Dieses schwarze Loch in meinem Inneren hatte mir bisher jedes Mal verdeutlicht, dass etwas fehlte. So sehr ich mich auch bemüht hatte, über kurz oder lang war ich den Verlockungen anderer Männer erlegen. Es war mir nie gelungen, das fehlende Puzzleteil zu finden, welches mich zu einer dauerhaft liebenden Partnerin machen könnte. Aus diesem Grund hatte ich meinen Psychodoc aufgesucht und eben deshalb quälte ich mich Woche für Woche in die Selbsthilfegruppe. Tief in mir wusste ich, dass die Beziehungssoftware bei mir fehlerhaft programmiert worden war. Nicht wenige Male hatte ich mich gefragt, ob ich überhaupt fähig war, eine normale Partnerschaft zu führen? Meinen letzten Versuch zu kitten, was augenscheinlich nicht zu reparieren war, hatte ich nun selbst boykottiert, indem ich mich auf die geheimnisvolle Einladung eingelassen hatte.

Ich würde mich nicht selbstzerstörerisch nennen, eher pragmatisch. Solange ich dabei war herauszufinden, was bei mir falsch lief, musste ich ja nicht zwangsweise das Leben einer Nonne führen. Ich grinste über diesen hinkenden Vergleich, doch dann spürte ich, wie das Fahrzeug anhielt und mein Puls beschleunigte sich urplötzlich, als die Tür geöffnet wurde. Langsam tastete ich nach der mir dargebotenen Hand des Fahrers und versuchte, mich so galant wie möglich aus dem Auto zu begeben. Die frostige Nachtluft erleichterte mir sogleich das Atmen, eine kühle Brise fuhr in meinen offenherzigen Ausschnitt und umgarnte mich. Ich schluckte die aufkeimende Erregung auf das Unbekannte, das mich erwartete, hinunter, doch meine verbliebenen Sinne sogen jedes Geräusch und jeden Geruch gierig in sich auf, während ich mich durch den Eingang führen ließ.

»Madame, Willkommen im Club Secret«, tönte es unerwartet hinter mir, und im nächsten Moment wurde mir die Augenbinde abgenommen. Die plötzliche Helligkeit ließ mich blinzeln. Ich sah mich um und registrierte, dass der Fahrer nicht mehr anwesend war, stattdessen stand ich nun augenscheinlich einem Butler gegenüber.
»Wenn Madame mir folgen würde?«, fragte er, ohne eine Miene zu verziehen oder auf mich zu warten und zögerlich ging ich ihm hinterher. Er führte mich aus der großen Eingangshalle, die aus einer Villa der Zwanziger Jahre entsprungen sein musste, in einen riesigen Raum, der mich sogleich an einen opulenten Ballsaal aus dem neunzehnten Jahrhundert erinnerte und aus dem mir lautes Stimmengewirr entgegenkam. Fremde Gesichter drehten sich mir interessiert zu und unsicher lächelnd ließ ich meinen Blick durch die festlich angezogene Gesellschaft schweifen, doch ich kannte nicht einen von ihnen. Etwas enttäuscht wandte ich mich dem Kellner zu, der soeben mit Champagner und abenteuerlich aussehenden Horsd'œuvre an mir vorbei ging. Primär kümmerte ich mich um die flüssige Nahrung, das erschien mir in diesem Augenblick wichtiger, da mein Herz vor Aufregung flatterte.
Wieder fragte ich mich, wer mich eingeladen haben könnte, denn unbewusst hatte ich die vage Hoff-

nung gehabt, dass Raul dahintersteckte, immerhin hatte ich den Brief in der Selbsthilfegruppe erhalten. Nun, da sich herausgestellt hatte, dass das nur ein Wunschtraum gewesen war, suchten meine Gedanken nach einer anderen Lösung. War die Einladung vielleicht schon länger in meiner Tasche gewesen, und ich hatte es wie üblich übersehen?

Der kühle Champagner war Balsam für meine ausgetrocknete Kehle, und während ich Schluck für Schluck genoss, sah ich mich staunend um.

Ich musste mich in einem alten Herrenhaus befinden, das von seinem Besitzer ziemlich gut in Schuss gehalten worden war, der wiederum eine sichtliche Vorliebe für Prunk hatte. Die Wände und Decke des überhohen Ballsaales waren mit goldenem Stuck verziert, mächtige Kronleuchter hingen an armdicken Ketten von der Decke herab und tauchten den Raum in ein warmes Licht. Meterhohe Gemälde junger, nackter Damen in verfänglichen Posen zierten die mit rotem Samt tapezierten Wände und am anderen Ende des Raumes befand sich eine komplette Spiegelwand. Ich musste zugeben, das Ambiente war perfekt für solch einen Anlass, auch wenn ich nach wie vor nicht wusste, was mich erwartete. Das riesige Buffet, welches eine komplette Seite des Raumes einnahm und auf dem sich Essen befand, das ich bisher nur von hübschen Bildern aus Gourmet-Kochbüchern kannte, hatte meine Zuneigung auf jeden Fall schon gewonnen.

Die Gäste schienen sich untereinander zu kennen, denn sie plauschten angeregt miteinander. Nicht ohne Neid ließ ich meinen Blick über die kostbare Abendgarderobe der Damen schweifen. Teure, bodenlange Roben aus erlesenen Stoffen, aufgebauschte Spitze und glitzernde Juwelen, in denen sich der sanfte Schein der Kronleuchter brach, waren ebenso anzutreffen wie maßgeschneiderte Smokings, die an smarten und durchweg gutaussehenden Herren saßen wie eine zweite Haut. Ich kannte mich in dieser Preisklasse nicht aus, aber ich war mir sicher, dass so manche Uhr an den Handgelenken der Männer mehr kostete als ich in einem Jahr verdiente. Unbewusst glitten meine Finger über den Stoff meines Präsents und ich atmete tief durch. Langsam wurde mir klar, was an diesem Club so exklusiv war, niemals hätte ich mir ein Kleid in dieser Preisklasse leisten können.

Noch etwas fiel mir auf. Die Gäste schienen ebenfalls erlesen zu sein, denn ich konnte beim besten Willen niemanden ausmachen, der nicht attraktiv war. Die jüngsten Mitglieder mochten etwa in meinem Alter sein, die ältesten schätzte ich nicht über vierzig. Jemand der ziemlich viel Geld hatte, besaß einen geheimen Club der Reichen und Schönen. Ich seufzte, das wurde immer skurriler - was hatte ich hier zu suchen?

Mir entging nicht, wie ich neugierig gemustert wurde, im Verlauf des Abends hatten sich viele von ihnen zu mir gesellt und ich musste gestehen, dass ich mich wirklich gut amüsiert hatte. Angenehme Gespräche waren entstanden, die immer wieder durch subtilen Körperkontakt untermalt worden waren. Ich erfuhr, dass viele der Mitglieder als Paare hier waren, doch es gab auch eine große Auswahl an Single Männern oder Frauen. Das Interesse an mir schien deswegen groß zu sein, da es wohl nicht mehr sehr häufig vorkam, dass der Club Zuwachs bekam und das letzte Mal musste lange her gewesen sein. Ich genoss die Gesellschaft und taute immer mehr auf, doch ich ertappte mich häufig dabei, wie ich den Raum nach einem bekannten Gesicht durchforstete, da ich noch immer darauf hoffte herauszufinden, von wem die Einladung war. Bis dahin hatte sich der Gastgeber nicht zu erkennen gegeben und von den Erzählungen einiger Damen wusste ich, dass sie sich allesamt die Finger nach ihm ableckten, da er verdammt heiß sein musste. Jedoch hatte er seit geraumer Zeit nicht mehr an ihrer Gesellschaft teilgenommen - was immer das auch zu bedeuten hatte.

Und als ich nach vielen weiteren Unterhaltungen die ersten Paare sah, die es sich auf einer der vielen Chaiselongues bequem gemacht hatten, dämmerte mir langsam, worauf es hier hinauslaufen würde.

Ein exklusiver Club, der im geheimen in einem noblen Herrenhaus existierte, und der nichts anderes als ein Swinger Club für reiche und schöne Menschen zu sein schien. Ein Schauder rann meinen Nacken hinab und mein Blick streifte immer mehr nackte Haut. Fasziniert von den Annäherungen der mir fremden Menschen, vergaß ich sogar an meinem Champagner zu nippen. Überall hatten die Gäste es sich bequem gemacht, wurde raschelnd

Stoff beiseitegeschoben, verschmolzen Lippen heiß und fordernd miteinander und kehliges Lachen vermischte sich mit lustvollem Stöhnen. Wow, das war besser als Pay-TV.

Mein Puls beschleunigte sich erneut, denn das bunte Treiben ließ meine vernachlässigte Libido natürlich nicht unbeeindruckt. In diesem Moment kam ein großgewachsener Mann auf mich zu, der nicht die Farben meiner Augen, wohl aber meine Körbchengröße wusste, seinem Blick nach zu urteilen jedenfalls. Plötzlich war ich sehr aufgeregt, doch gerade, als der Fremde mir zulächelte und etwas sagen wollte, erklang es hinter mir: »Wenn Madame gnädigerweise die Freundlichkeit besäße, mir zu folgen?« Verwirrt drehte ich mich um und sah den Butler an. Verdammt, warum ausgerechnet jetzt?

»Der Seigneur wird jeden Augenblick hier sein«, verabschiedete sich der Butler, der mich mit erneut verbundenen Augen und ohne weitere Erklärungen in einem menschenleeren Raum stehen gelassen hatte. Ich atmete tief durch, um dem Durcheinander meiner heutigen Gefühlswelt Einheit zu gebieten. Da wurde ich ins sündige Paradies eingeladen, und noch bevor ich hatte kosten dürfen, wurde ich einfach wieder hinausgeworfen. Hier alleine zu stehen und nichts zu sehen, machte die Situation auch nicht besser. Und wer bitte war dieser Seigneur? Bilder eines alten Mannes streiften mein geistiges

Auge und ein kleiner Anflug von Panik erfasste mich.

»Ah, wie ich sehe, hat Gerard Sie gefunden«, tönte plötzlich eine tiefe und verdammt sinnliche Stimme, die definitiv zu einem jüngeren Mann gehörte, in die Stille hinein.

»Wer ist Gerard?«

»Der Butler.«

Ich nickte stumm und versuchte den Kloß in meinem Hals hinunterzuschlucken.

»Wundervoll, mein Präsent kleidet Sie vorzüglich.« Seine Stimme erklang direkt hinter mir und jagte wohlige Schauer über meinen Rücken.

»Exquisit«, raunte er und sein heißer Atem streifte mein Gesicht, während er einmal um mich herum ging.

»Vielen Dank«, presste ich heraus, seine Anwesenheit brachte mich völlig aus dem Konzept, ich konzentrierte mich auf seine Präsenz, seinen herben Duft, der das leise Pochen in meinem Unterleib verstärkte. Hatte ich zuvor noch zarte Zweifel gehabt, ob ich das Richtige tat, so schob ich diese nun beiseite.

»Ich bedanke mich bei Ihnen, dass Sie meiner Einladung gefolgt sind, Lexi«, flüsterte er in mein Ohr. Er stand nun wieder hinter mir und plötzlich fühlte ich seine Hände an meiner Taille auf dem kühlen Stoff meines Kleides. Ich zuckte unter seiner Berührung zusammen und er lachte auf. »Pardon, habe ich Sie erschreckt?«

Ich schüttelte lediglich den Kopf, zu mehr war ich momentan nicht in der Lage.

»Sie wissen, was dies für eine Einladung war?«, fragte er sanft, während seine Hände sich langsam höher und über die feine Spitze auf meine Brüste schoben.

Wieder konnte ich nur nicken.

»Und Sie sind mit allem einverstanden, was ich heute und an jedem anderen Tag in meinem Club vorhabe, mit Ihnen anzustellen?« Seine Finger begannen meine ohnehin empfindlichen Brustwarzen durch den Stoff hindurch zu umkreisen und ich wurde von solch einem heftigen Verlangen erfasst, dass ich beinahe meine guten Manieren vergessen und mich auf ihn geworfen hätte. Großer Gott, das klang nach einem fabelhaften Versprechen.

»Sicher«, keuchte ich, woraufhin ich ihn erneut auflachen hörte. Dann ließen seine Hände mich plötzlich los und ich wollte protestieren, als ich spürte, wie er wieder vor mir stand. Mein Atem ging beschleunigt und die Tatsache, dass ich blind vor einem wildfremden Mann stand, erregte mich ungemein, auch wenn diese Situation sicherlich für viele bedenklich gewesen wäre.

Er legte seine Hand sachte unter mein Kinn und hob es an. »So wunderschön«, flüsterte er, dann strich er sanft mit seinem Daumen über meine Lippen, beinahe wäre ich erneut zusammengezuckt, denn es fühlte sich an als würden kleine Stromstöße mich zusätzlich quälen. Sämtliche Nerven in meinem Körper waren bis zum Bersten angespannt, ich konnte nicht sehen, was er mit mir tat, wusste nicht, wo er mich als Nächstes berühren würde und diese Ungewissheit fachte das Brennen zwischen meinen Beinen nur mehr an.

Für einen Augenblick dachte ich, er würde mich küssen, und ich wartete sehnsüchtig auf seine Lippen und seinen Geschmack, der ohne Zweifel köstlich sein würde, jedoch vergeblich. Ich hörte ihn aufseufzen und wusste nicht, weshalb. Dann ließ er plötzlich von mir ab.

»Eine solch erlesene Frucht bedarf der vollständigen Reifung, nur dann wird ihr Genuss alles je Bekannte übertreffen«, sagte er heißer und ich konnte spüren, wie er sich zu mir beugte, um mir zuzuflüstern: »Reife für mich Lexi, damit ich beim nächsten Mal von dir kosten kann.«

Und dann war er fort. Die Magie seiner Präsenz umgarnte mich nicht mehr und plötzlich fing ich an zu zittern. Der Raum erschien mir kalt und leer, während mein Körper heiß und voller angestauter Leidenschaft war, der einfach so seinem Schicksal überlassen wurde. Wie ich. Ich konnte es nicht fassen. Er hatte meine Libido herausgefordert und mich dann einfach stehen gelassen. Meine Gefühlswelt lief Amok, und ich wusste nicht, was ich tun sollte. Gerard nahm mir die Entscheidung schließlich ab, als er fast geräuschlos in den Raum geschlichen kam, mir die Augenbinde abnahm und mich wortlos hinausbegleitete, wo bereits die Limousine auf mich wartete.

Ich verkniff mir einen sehnsüchtigen Blick zurück und verdrängte jeglichen Gedanken an den Fremden oder gar den Ballsaal, in dem mein Leiden mit großer Sicherheit gelindert worden wäre. Ich konnte nur noch an eines denken - an sein Versprechen. *Nächstes Mal* sagte ich mir und eine Gänsehaut erfasste meinen Körper. Während der Chauffeur mir erneut die Augen verband - langsam fragte ich mich, ob das ein Fetisch dieser Leute war - tröstete ich mich mit dem Gedanken an meine batteriebetriebene Spielzeugsammlung zu Hause, die mir mit Sicherheit die herbeigesehnte Erleichterung schenken würde, für heute jedenfalls.

3. Quälendes Warten

Tick tack ... Tick tack ... Die Zeiger schienen irgendwie mit der Zeit verwachsen zu sein, die wiederum gegen mich zu arbeiten schien. Ich starrte die Uhr seit geraumer Zeit grimmig an, doch sie ließ sich nicht von mir beeindrucken, sprang nicht um einige Stunden nach vorn und zauberte auch keinen verfrühten Feierabend für mich.

»Lexi, haben Sie das Gutachten für Waldorff & Schmitt endlich fertig? Die Sekretärin wird langsam ungehalten.« Mein Chef hatte seinen Kopf zur Tür reingesteckt und stresste zum wiederholten Mal. Er war in letzter Zeit ziemlich vergesslich geworden.

»Natürlich, es liegt bereits in Ihrer Unterschriftenmappe«, antwortete ich brav und quittierte sein Verschwinden mit einem erleichterten Lächeln. An jedem anderen Tag liebte ich meine Arbeit als Sekretärin, doch heute fiel es mir unheimlich schwer, mich auf etwas anderes, als auf *ihn* zu konzentrieren. Ich kannte seinen Namen nicht, denn er hatte ihn mir nicht verraten, doch ich wusste, wie seine Hände sich angefühlt hatten - oh und wie ich das wusste.

Erneut zog sich meinem Magen zusammen, so erging es mir seit zwei Tagen, seit ich ihm begegnet war. Seitdem beherrschte er meine Gedanken, obwohl ich nichts über ihn wusste, ich hatte ihn nicht einmal gesehen, nur gespürt und gehört.

Frustriert ließ ich meinen Kopf auf die Tastatur fallen und stöhnte auf. Ich war so sehr von seiner Präsenz, seinem Geruch und seiner Stimme eingenommen gewesen, dass ich mich an diesem Abend nicht für sein Aussehen interessiert hatte. Gut, ich gebe zu, wenn Hände solche Dinge mit einem anzustellen vermochten, dann schweiften die Gedanken etwas ab. Aber heute war Montag und ich saß an meinem Arbeitsplatz, hatte absolut keine Motivation das zu tun, wofür ich bezahlt wurde, und konnte nicht aufhören, an ihn zu denken. Was, wenn er aussah wie ein Hobbit? Ich musste grinsen, Tolkien hatte nicht erwähnt, dass seine Fantasyfiguren weitaus mehr Talente besaßen, als er uns hatte glauben lassen.

»Lex, du solltest mal wieder ausgehen und dich ordentlich durchvögeln lassen«, sagte Jenny, meine Kollegin und Freundin lapidar, als wir später in der lärmenden Kantine zu Mittag aßen. Ich hätte mich beinahe an meinem Reis verschluckt, doch sie zuckte lediglich mit ihren Schultern und fuhr fort: »Was denn, du weißt, dass ich Recht habe. Du siehst einfach furchtbar aus, seitdem du dir dieses Zölibat auferlegt hast.« Entgeistert starrte ich sie an, doch sie aß seelenruhig weiter. Jenny wusste über mein kleines Problem und meine sexuellen Eskapaden Bescheid, daher hätte mich ihre Aussage nicht verwundern sollen.
»Ich vermisse deine ausschweifenden Abenteuer und ich hasse deine Enthaltsamkeit«, sagte sie

seufzend zwischen zwei Bissen. Während ich mit meinem Bindungsproblem zu kämpfen hatte, lebte sie seit vielen Jahren in einer Beziehung, in welcher nach so langer Zeit jedoch Ebbe im Bett herrschte. Daher verschlang sie jede meiner Geschichten, als hätte sie es selbst erlebt.

»Wenn du keinen Sex mehr hast und ich sowieso nicht, wo sollen wir dann unsere Befriedigung herbekommen?«, fragte sie beinahe anklagend. Ich musste grinsen, was sie in ihrer Bewegung innehalten ließ.

»Diesen Gesichtsausdruck kenne ich doch«, sagte sie mit zusammengekniffenen Augen und musterte mich skeptisch, dann ließ sie ihre Gabel fallen.

»Alexandra Sophie Masters, du hattest Sex und tatsächlich versucht, mir das zu unterschlagen?«, rief sie aufgebracht. Lachend wedelte ich mit der Hand und bedeutete ihr, die Stimme zu senken, schließlich wollte ich nicht, dass die gesamte Firma von meinen Abenteuern erfuhr. Sie sprach mich nur mit meinem vollen Namen an, wenn sie sauer auf mich war, was mich in diesem Moment so erheiterte, dass ich vor Lachen kaum Luft bekam.

»Krieg dich wieder ein, Jenny«, prustete ich und fächerte mir mit der auf dem Tisch liegenden Karte Luft zu. Dann beugte ich mich zu ihr, senkte meine Stimme und erzählte ihr von dem geheimnisvollen Fremden und dem Club.

»Und du weißt weder wie er aussieht, noch wie er heißt?«, wollte sie ungläubig wissen.

»Leider nein.«

»Oh Gott Lex, das ist die Krönung, dir passieren die verrücktesten Dinge. Wann siehst du ihn wieder? Du siehst ihn doch wieder?«

»Ja«, schwärmte ich versonnen. »Als ich zu Hause war, habe ich in meiner Tasche eine weitere Einladung gefunden.« Ich lehnte mich zurück und verzog meinen Mund. »In vier Wochen erst«, stöhnte ich und war mir sicher, dass ich diese lange Zeit nicht überstehen würde. Ich würde eine Großpackung Batterien benötigen. Jenny strich mir tröstend über meine Hand.

»Das macht nichts Süße. Jetzt hast du etwas, worauf du dich freuen kannst«, zwinkerte sie mir zu und wehmütig stellte ich fest, dass unsere Mittagspause leider vorbei war und wir in unsere Büros zurück mussten. Das Gespräch mit Jenny war eine Erleichterung an diesem chaotischen Tag gewesen, und ich bedauerte es zutiefst, dass wir nicht würden weiterreden können.

»Gehst du denn jetzt noch in diese seltsame Gruppe?«, wollte sie von mir wissen, während wir aus der Kantine in Richtung der Fahrstühle gingen. Ich war viel zu träge, um die Treppe zu nehmen.

»Gute Frage«, überlegte ich laut. »Jacob würde der Blitz treffen, wenn er wüsste, dass seine Seelenreinigung bei mir gründlich versagt hatte«, grinste ich. Doch aus irgendeinem Grund wollte ich die Selbsthilfegruppe noch nicht ganz abschreiben. Die Tatsache, dass die Einladung mir dort zugesteckt worden sein musste, machte mich neugierig. War es reiner Zufall gewesen, oder befand sich unter den Mitgliedern jemand aus dem Club? Ich war mir sicher, kein bekanntes Gesicht in dem Ballsaal gesehen zu haben, aber die Aufregung hatte mir auch einen Streich spielen können.

»Ich denke, ich werde morgen auf jeden Fall hingehen«, sagte ich daher und Jenny nickte mir zu.

»Gute Entscheidung. Solange du auf Mr. Unbekannt wartest, kannst du dir ja diesen Raul warmhalten, der hört sich wirklich lecker an, ich hätte nichts gegen ein kleines, sexuelles Abenteuer mit ihm einzuwenden«, sagte sie fröhlich, während der Aufzug im dritten Stock stoppte, in welchem ihr Büro lag. Lachend ließ sie mich stehen und völlig perplex fuhr ich zwei Etagen weiter. Raul also. Ich gebe zu, natürlich hatte ich schon den einen oder anderen Gedanken über ihn gehegt, und in keinem davon war er bekleidet gewesen, doch seit der Begegnung im Club war mein Gehirn gänzlich von einem Mann eingenommen. Auch das war neu für mich. Ich hatte mich zuvor schon auf der Suche nach dem fehlenden Puzzleteil mit fremden Männern eingelassen, diesen Kick kannte ich also, doch bisher hatte mich kein sexuelles Abenteuer derart fasziniert, dass ich an nichts anderes mehr denken konnte.

Während ich in mein Büro ging, musste ich schwer schlucken. Hatte ich endlich gefunden, wonach ich bei meinen anderen Abenteuern vergeblich gesucht hatte? Ein wohliges Prickeln fuhr meinen Nacken hinab und meine Vorfreude steigerte sich ins Unermessliche. Vier Wochen, wie sollte ich das nur überleben?

*

»Hallo, mein Name ist Micha und ich habe gesündigt«, verkündete die Stimme des Neuen in der Selbsthilfegruppe und störte mein Nickerchen, das ich vorgehabt hatte zu halten. Alle nickten zustimmend und ich tat es ihnen gleich, was bei mir jedoch daran lag, dass ich mit der bleiernen Müdigkeit kämpfte und immer wieder wegsackte. In dem kleinen Raum war es beengt und stickig, es roch nach Schweiß und alter Luft, kein Wunder, wollte mein Körper abschalten.

»Sei Willkommen Micha, erzähle uns von deinen Sünden«, näselte Jacob und ich biss die Zähne zusammen.

»Ich habe der verderblichen Verlockung nicht widerstehen können und eine Hure für Oralsex bezahlt«, schluchzte der Neue und ich verzog angeekelt das Gesicht, als ich sah, dass er weinte. Man die waren echt kaputt hier. Dann ließ er sich auf seine Knie fallen und jaulte wie ein verstoßener Hund, während Jacob ihm tröstend auf die Schulter klopfte.

»Wir alle sind hier, weil wir gesündigt haben und wir alle werden Absolution finden und gereinigt werden«, versprach er ihm und ich lehnte mich ächzend in den harten Stuhl zurück. Dabei fing mein Blick den von Raul ein und ohne Vorwarnung zog mein Magen sich zusammen. Er lächelte mir freundlich zu, doch da war nichts Anzügliches in seinem Blick, keine verheißungsvollen Versprechen oder gar Wissendes. Ich seufzte innerlich, Raul schien wirklich nicht der heiße Clubbesitzer zu sein und so wie er mich ansah, lag ihm nichts ferner als ein prickelndes Abenteuer. Leider machte ihn dies nicht weniger anziehend und nicht zum ersten Mal verfluchte ich meine nicht satt zu bekommende Libido.

Während ich Sally dabei zusah, wie sie ihre gemachten Titten in Michas Gesicht drückte, bei dem Versuch ihn zu trösten, war ich gewillt, einfach wieder die Augen zu schließen, dem Elend hier zu entfliehen und mich erneut den Empfindungen hinzugeben, die ich in *seiner* Gegenwart verspürt hatte. Und die ich erst in vier quälend langen Wochen wieder empfinden durfte. Ich hätte mich am liebsten zu dem Weichei auf den Boden geworfen und mitgeheult.

4. Das Wiedersehen

Die schwarze Seide schmiegte sich kühl auf meine helle Haut und ich drehte mich zum wiederholten Male um mich selbst, während ich dümmlich grinsend in den Spiegel sah. Vier Wochen, die mir vorgekommen waren wie Jahre, waren endlich vorüber und heute würde ich *ihn* wiedersehen. Wie beim letzten Mal war auch an diesem Abend ein goldener Karton vor meiner Haustür abgelegt worden, dessen Inhalt mir erneut den Atem geraubt hatte.

Darin lag ein glamouröses Empirekleid aus schwarzer Seide, dessen exquisiter Stoff meinen Körper sanft liebkoste. Der leicht geraffte, üppige Ausschnitt, unter welchem ein goldenes Band verlief, wurde lediglich von zwei zarten Spaghettiträgern gehalten. Ich genoss die kühle Berührung des bodenlangen Stoffes, der mich prickelnd auf den Abend einstimmte.

Meine lange rote Mähne hatte ich zu einem lockeren Zopf geflochten, zudem hielt ich mich, bis auf den roten Lippenstift und einen Lidstrich, mit der Schminke zurück, denn ich fand immer, dass zu viel davon mich angemalt aussehen ließ. Schließlich hatte ich keine Chance mehr mir weitere Gedanken zu machen, denn das ersehnte Läuten erklang.

Etwas beschämt lächelte ich dem Kellner zu, nachdem jeglicher Versuch seinerseits, mit den Lachshäppchen an mir vorbeizukommen, gescheitert war. Ich hatte sie gänzlich vernichtet und hätte noch mehr verschlungen, doch eine leise Ahnung sagte mir, dass er mit dem nächsten, frisch aufgefüllten Silbertablett eine andere Richtung einschlagen würde. Seufzend wand ich mich wieder dem Champagner zu. Wer auch immer diese Teilchen zubereitet hatte, ich würde ihn in der Küche festbinden und nicht mehr gehen lassen.

Wieder ließ ich meinen Blick durch den opulent ausgestatteten Ballsaal schweifen und erneut fiel mir die hochwertige Kleidung der Gäste auf. Staunend bemerkte ich, dass sie alle schwarz trugen, so wie ich. Gab es einen Dresscode für jedes Treffen? Hatten vor vier Wochen alle Bordeaux getragen? Auf der Karte war mir kein Hinweis aufgefallen und erleichtert dankte ich insgeheim meinem heimlichen Gönner dafür, dass er mich so reich beschenkt hatte, denn selbst mein bestes Kleidungsstück würde gegen all den Glamour hier alt und farblos aussehen.

»Pardon, langweilen Sie sich?«

»Bitte?« Erschrocken fuhr ich zusammen, ich hatte nicht bemerkt, dass sich jemand zu mir gesellt hatte.

»Sie scheinen keinen Kontakt zu den anderen Gästen zu suchen?«, setzte der fremde Mann erneut an und ich sah ihn mir genauer an. Surfer-Boy war das Erste, das mir zu ihm einfiel. Blondes Haar, das kunstvoll durcheinander gestylt aussehen sollte, strahlend hellblaue Augen, die von einem dichten

Wimpernkranz umrahmt wurden und als er mich nun anlächelte, hielt ich unwillkürlich die Luft an. Zwei Grübchen bildeten sich in seinen Wangen und ich musste dem Drang widerstehen, mir Luft zuzufächeln. Er war einen Kopf größer als ich und in seinem piekfeinen dunklen Anzug sah er einfach umwerfend aus.

»Ich ..., äh«, stammelte ich, mangels einer geistreichen Erwiderung beendete ich meinen Wortschwall jedoch.

»Eric«, grinste er, nahm meine Finger in seine und hauchte einen Kuss auf meinen Handrücken. Lachend fiel ich in die charmante Begrüßung ein, welche meine Anspannung löste und atmete tief durch.

»Sie sind neu«, erkannte er klugerweise und ich nickte zustimmend, während ich mein Glas mit der wohlschmeckenden Prickelbrause leerte.

»Nun, wie gefällt Ihnen der Club?«

Verstohlen musterte ich ihn. War er etwa der Mann, der mich mit einer Frucht verglichen hatte, die noch reifen musste? Und die er laut seinem Versprechen heute kosten wollte? Ein heißer Schauer rann bei diesem Gedanken meinen Rücken hinab und ich seufzte versonnen.

»Er ist wundervoll«, antwortete ich abgelenkt und versuchte ihm so unauffällig wie möglich etwas näher zu kommen. Wenn ich ihn riechen und seine Aura auf mich wirken lassen könnte, dann käme ich der Wahrheit vielleicht näher?

»Haben Sie gerade an mir geschnuppert?«, hörte ich ihn verwundert fragen. So viel zum Thema unauffällige Nachforschungen stellen.

»Ich mag ihr Parfum«, räusperte ich mich und schenkte ihm mein strahlendstes Lächeln.

»Ich habe keines aufgetragen heute Abend.«

Sein Schmunzeln trieb mir deutlich die Röte in meine Wangen. »Besuchen Sie den Club schon lange?«, warf ich schließlich ein, Ablenkung war alles. Diese peinliche Aktion hatte mich meinem Vorhaben zudem überhaupt nicht näher gebracht, denn er roch tatsächlich nicht auffällig und um seinen körpereigenen Duft zu erhaschen, hätte ich ihm um den Hals fallen müssen. Verdammt, ich wollte zu gerne wissen, ob er der geheimnisvolle Clubbesitzer war. Seine Stimme klang auf jeden Fall tief und voll, sexy genug, um in Frage zu kommen.

»In der Tat bin ich schon eine Weile dabei. Ich muss jedoch gestehen, dass wir selten solch einen exquisiten Zugang haben.« Sein Blick bohrte sich tief in meinen und die Hitze aus meinen Wangen schien sich sogleich in tiefere Regionen zu begeben.

»Sie sind mir schon letztes Mal aufgefallen, doch Sie waren verschwunden, bevor ich in den Genuss Ihrer Gesellschaft kommen durfte«, sagte er beinahe anklagend.

»Ja ich wurde ... abberufen«, erwiderte ich zögernd. Wie sollte ich es nennen, wenn ein Fremder mich zu sich holen lässt, um meine Sinne zu verwirren? Und wenn er der Clubbesitzer war, dann müsste er doch am besten wissen, wo ich gewesen war?

»Verstehe«, gab er knapp zurück. »Dann hoffe ich sehr, dass Sie heute noch ein wenig Zeit mit mir verbringen werden, sofern es in Ihrem Sinne liegt, natürlich.«

Ich nickte lediglich. Was sollte ich auch antworten? Dass ich es auch hoffte, obwohl mir nicht klar war, auf was? Ich wollte nur eines - die wundervolle Anwesenheit dieses einen Mannes, der es geschafft hatte, mich in seinen Bann zu ziehen. Und wenn es Surfer-Boy war, dann wäre ich nicht unglücklich darüber gewesen. Etwas wehmütig sah ich ihm nach, als er mit demselben charmanten Lächeln auf eine hübsche Blondine zuging, das er zuvor mir geschenkt hatte.

»Hätte Madame die Freundlichkeit?« Wieder zuckte ich zusammen, ich hatte nicht bemerkt, wie Gerard sich angeschlichen hatte. Mit zusammengekniffenen Augen sah ich ihn an, doch ich konnte keinerlei Regung feststellen. Trotzdem würde ich wetten, dass ihm das Spaß machte, doch aller Ärger verflog augenblicklich, als mir bewusst wurde, dass es nach vier quälend langen Wochen endlich so weit war und ich *ihn* gleich treffen würde. Das aufregende Prickeln zwischen meinen Beinen stimmte mich regelrecht euphorisch, und so tat ich nichts lieber als dem griesgrämigen Angestellten zu folgen.

Dieses Ding mit den verbundenen Augen musste tatsächlich ein Fetisch der Leute hier sein. Nichtsdestotrotz hatte ich mir die schwarze Seidenbinde anlegen lassen und lauschte nun gebannt in die Stille. Mein Herz pochte so laut in meiner Brust, dass es mir vorkam wie das laute, unheilvolle Donnern, das mit einem tosenden Unwetter einherkam.

»Lexi«, hörte ich plötzlich seine kehlige Stimme und sofort breitete sich eine wohlige Gänsehaut auf meinem Körper aus.

»Ich freue mich über alle Maßen, dass Sie meiner erneuten Einladung gefolgt sind«, klang es direkt vor mir und ich erschauderte.

»Ich danke Ihnen, auch für dieses wundervolle, neue Kleid«, wisperte ich durcheinander, während meine Hände den kühlen Stoff über meinen Schenkeln entlang glitten.

»Es war mir ein Vergnügen.« Auf einmal fühlte ich seine warmen Finger, die an meiner Wange entlang strichen. »Ein außerordentliches sogar.« Das Brennen seiner Berührung zog sich über meinen Hals und ließ mich schwer schlucken. Diese unbekannte und zugleich erregende Situation machte mich so nervös wie mein erstes Date, nur dass das hier um Welten besser war.

Meine Lippen zitterten und ich sehnte mich nach einem Kuss, doch seine Finger fuhren unbeirrt über mein Schlüsselbein hinab und streiften sachte meine Brust, die sich plötzlich durch den knappen, gerafften Ausschnitt viel zu eingeengt anfühlte. Dann spürte ich, wie er näher kam, wie seine Anwesenheit mich umgarnte und elektrisierte. Im nächsten Moment berührten seine Lippen heiß und unnachgiebig die empfindliche Haut an meinem

Hals, von wo sie eine sengende Spur auf dem Weg zu meinem Dekolleté zogen. Ich keuchte auf, als er durch den Stoff hindurch meine momentan sehr empfindsamen Knospen einsog und sie mit seiner Zunge umkreiste, während seine Finger sich unter die dünnen Träger meines Kleides schoben. Er löste sich von mir und zog viel zu langsam den dunklen Stoff von meinem Körper.

Mein Herz schlug immer schneller, denn ich konnte es nicht erwarten, seine wundervollen Lippen endlich pur und rein auf mir zu spüren. Ich hörte ihn aufstöhnen, als mein Kleid zu Boden fiel, wonach er es sogleich zur Seite schob.

»Perfekt«, murmelte er, dann übernahmen seine Lippen und entfachten von Neuem ein loderndes Feuer in mir. Seine Zunge verbrannte jeden Millimeter Haut, den sie berührte, während sein Kopf immer tiefer glitt. In mir tobte ein glühendes Verlangen, das ich auf diese Art noch nie empfunden hatte. Kleine Stromstöße jagten über die Innenseite meiner Oberschenkel, wo seine Lippen mich in diesem Augenblick berührten.

»Das ist hier unnötig«, sagte er heißer, während er mit einer raschen Bewegung meinen String entzwei und mir vom Körper riss. Ich schrie auf, denn allein die Berührung der kühlen Luft an meiner empfindlichsten Stelle war in diesem Moment zu viel für mich.

»Magnifique«, flüsterte er und ich krallte meine Hände in seinem Haar fest, während sein Kopf sich zwischen meine Beine schob. Endlich ließ er seine

Zunge quälend langsam über meinen geschwollenen, wunden Punkt fahren, der sich unter dieser himmlischen Berührung vor Wonne zusammenzog. Mit einem lauten Schrei ließ ich mich nach vorn fallen und hatte mehr Glück als Verstand, dass sich direkt eine Wand vor mir befand, die sich zwar merkwürdig kalt und glatt anfühlte, jedoch einen Sturz verhinderte. Meine Beine hatten zu Zittern begonnen und mein Körper bebte unter den elektrisierenden Berührungen, so lehnte ich mich dankbar gegen die unbekannte Stütze. Jeder weitere Gedanke wurde unterbunden, als ich unerwartet seine Finger spürte, die sich tief in mich schoben und mich meiner Befreiung noch näher brachten. Seine Lippen wechselten sich mit seiner Zunge ab und das Zusammenspiel von Mund und Fingern fachte das Feuer in mir weiter an, bis ich es kaum noch aushielt.

»Entferne die Augenbinde und sieh nicht nach unten«, presste er plötzlich hervor, doch es dauerte, bis seine Worte in meinem vor Lust vernebelten Gehirn angekommen waren. Ich war bereit, sowas von bereit, ich würde jeden Augenblick explodieren und verstand nicht, weshalb ich mich in diesem Moment mit der Augenbinde befassen sollte, doch ich tat, wie mir geheißen wurde, Hauptsache er hörte nicht auf.

Und dann erstarrte ich. Ich sah nicht auf eine Wand, ich sah mitten in den Ballsaal hinein, in dem die Anwesenden inzwischen jegliche Hemmungen fallengelassen hatten. Fassungslos blickte ich auf die Orgie, die sich direkt vor mir abspielte und sog scharf die Luft ein, denn die zuckenden und sich windenden Leiber fachten die Hitze in mir deutlich an. »Der Spiegel«, keuchte ich, während er nicht in seinen köstlichen Bewegungen innehielt. »Wir stehen hinter der Spiegelwand.«

»Richtig.«

»Aber du und ich, wir sind auf der anderen Seite, warum?«, fragte ich atemlos und pfiff auf das förmliche »Sie«. Sein Kopf befand sich zwischen meinen Beinen, wen interessiert da noch die Etikette?

»Weil ich dich für mich alleine will«, sagte er beinahe bedrohlich, doch bevor ich etwas erwidern konnte, schob er einen weiteren Finger in mich und jeder rationale Gedanke löste sich in dem großen Nichts auf, das einmal mein Gehirn gewesen war. Ich sah auf das Treiben direkt vor meinen Augen und spürte, wie die Lust sich zwischen meinen Schenkeln ballte, wie sie darauf wartete, von ihm weiter angefacht und befreit zu werden. Für einen winzigen Augenblick schweifte mein Blick auf der Suche nach einem blonden Schopf durch das sündige Treiben auf der anderen Seite des Spiegels, doch im nächsten Moment hatte ich alles um mich vergessen.

»Komm für mich, Lexi«, raunte diese einnehmende, kehlige Stimme und jagte mir einen weiteren wohligen Schauer durch den Körper. Er wusste genau, dass ich bereit war und noch mehr wusste er, wie er seine Zunge einsetzen musste. Jede einzelne

Nervenfaser in mir zog sich zusammen, ballte sich zu einem gewaltigen emotionalen Sturm, der sich nicht länger im Zaum halten ließ. Ein letztes Mal glitten seine Finger in mich, dann schrie ich gellend auf und ließ meinen Kopf in den Nacken fallen, als die gewaltige Welle über mich hinfort brandete und mir eine nie zuvor gekannte, tiefe Befriedigung schenkte.

5· Frisches Blut

Ich kam mir tatsächlich schuldig vor. Naja gut, ein klein wenig. Dass die Selbsthilfegruppe immer unmittelbar nach den Clubtreffen stattfand, war ja nicht mein Verschulden. Dass ich weiterhin scheinheilig unter den sich Entsagenden saß, obwohl ich kurz zuvor die größten Wonnen genossen hatte, allerdings schon. Vielleicht zog es mich aus diesem Grund noch dort hin?

Zum wiederholten Male an diesem Abend musterte ich verstohlen Raul und seufzte innerlich. Wem machte ich hier was vor? Der heißeste Kerl, der mir seit langem unter die Augen gekommen war, saß hier und meine Libido, die kleine Schlampe, pfiff auf die Enthaltsamkeit.

Nachdenklich runzelte ich die Stirn. Meine Gedanken waren besessen von einem anderen Kerl, wieso zwang ich mich also Woche um Woche hierher und gaffte Raul an? Sobald ich hier draußen war, verblasste sein Gesicht und wurde durch eines ersetzt, das ich mir seit vier Wochen vorstellte, jedoch nicht kannte. Was um Himmels willen wollte ich also von Raul? Ich wusste keine Antwort darauf, nur, dass ich mich auf unerklärliche Weise zu ihm hingezogen fand.

»Ich bin unsagbar stolz auf euch, dass ihr dem Frevel und der Sünde so tapfer entsagt, niemand als ich weiß besser, wie viel Kraft das kostet«, näselte Jacob und mich überkam plötzlich das Verlangen, meinen Kopf so lange gegen die Wand zu schlagen, bis ich bewusstlos wurde. Das war das Startzeichen für seine Geschichte. Er erzählte sie zu meiner vollkommenen Freude nur hin und wieder, doch es sah so aus, als würde das heute der Fall sein. Mir wurde schlecht.

»Ich war jung und wusste es nicht besser«, setzte er an und ich stöhnte auf. Alle Köpfe fuhren zu mir und Jacob hielt in seiner Erzählung inne.

»Geht es dir nicht gut Lexi?«, fragte er ehrlich besorgt und sofort nagte das schlechte Gewissen an mir.

»Mir ist irgendwie auf einmal schwindelig geworden«, log ich daher und hoffte, dass ich damit die ungewollte Aufmerksamkeit wieder von mir schieben würde.

»Vielleicht möchtest du an die frische Luft gehen?« Kurz dachte ich darüber nach. Flucht oder Lebensgeschichte? Was gab es da zu überlegen? Etwas zu heftig stand ich auf, doch ich konnte nicht schnell genug das Weite suchen.

Missmutig stand ich vor dem Gebäude und kramte in meiner Handtasche nach den Zigaretten. Zu meiner halbgaren Verteidigung, ich war nur ein Gelegenheitsraucher, aber welche Gelegenheit bot sich besser an als diese, seiner Sucht zu frönen?

»Das sollten Sie besser lassen«, ertönte es plötzlich leise neben mir und ich hielt in meiner Bewegung inne. Dann sah ich auf und erstarrte, denn ich blickte geradewegs in zwei helle Augen, so tiefblau und unergründlich, wie ein sommerlicher Bergsee, die mich vergnügt musterten. Verlegen räusperte ich mich, während ich mich zwang den Blick zu senken und meinen Mund wieder zu schließen.

»Eric?«, presste ich entsetzt heraus. Das war gar nicht gut, das hier war mein Privatleben, mein wirkliches Ich, welches Jeans und Sweatshirt trug, die Haare nachlässig zu einem Zopf gebunden hatte und nicht geschminkt war. Das Ich, welches sich in eine Selbsthilfegruppe für anonyme Sexsüchtige zwang und nicht die glamouröse Erscheinung, die im Club aus mir gemacht wurde.

»Ich bin überrascht, Sie hier anzutreffen?«, sagte er, als ob die Situation die normalste auf der Welt sei. »Ich bin etwas spät dran und dann sehe ich Sie hier stehen, welch ein Zufall.«

Wortlos starrte ich ihn an und versuchte, den dicken Kloß in meinem Hals hinunterzuschlucken. Ich glaubte nicht an Zufälle. Dunkel erinnerte ich mich daran, dass ich ihn nicht hinter der Spiegelwand hatte ausmachen können, möglicherweise war das ein Indiz, vielleicht aber auch nur mein Wunschdenken. Immerhin bestand nach wie vor die Möglichkeit, dass er der Clubbesitzer sein könnte. Ich legte meinen Kopf etwas schief und musterte ihn. Gott ja, er war wirklich verdammt sexy. Aber dieser eine, ganz bestimmte Funke, den ich nur mit verbundenen Augen zu empfinden schien, der blieb weiterhin aus. Reagierten meine Sinne anders, wenn ich sehen konnte?

»Wissen Sie vielleicht, wie ich zu den »Verlorenen Seelen« komme?«, unterbrach er meinen Gedankengang.

»Die Selbsthilfegruppe?« Irritiert schüttelte ich den Kopf. Was um alles in der Welt wollte er von den Irren da drin? Jemand der so aussah, sollte den fleischlichen Gelüsten nicht entsagen, auf keinen Fall, er sollte sie jeder Frau schenken, die er traf - mehrmals täglich.

»Also war das ein Nein?« Er runzelte seine Stirn und schien nicht aus meinem Verhalten schlau zu werden. Das war ich selbst noch nie geworden, da musste er sich schön hinten anstellen.

»Lexi geht es wieder besser, ich wollte ... oh, wie ich sehe, hast du Gesellschaft gefunden?«, platzte Jacob in unser Gespräch, der offensichtlich nach mir sehen wollte und bei Erics Anblick aussah als würde er gleich in Ohnmacht fallen. Himmel, das fehlte mir noch, dass ich aus der Gruppe geworfen wurde, weil Jacob dachte, ich würde mich nicht an die Regeln halten. Gut, genau genommen tat ich das auch nicht. Aber das musste ich ihm nicht auf die Nase binden und außerdem hatte Eric damit nichts zu tun.

»Tut mir leid, hier hat jemand nach der Gruppe gefragt, ich wollte ihm gerade den Weg zu uns zeigen«, erwiderte ich betont freundlich.

»Zu uns?«, sagten Eric und Jacob beide gleichzeitig und ich wünschte mir das sprichwörtliche Mauseloch im Boden. Ich suchte gerade nach einer geistreichen Erwiderung, da kam Jacob mir zuvor.

»Ein neues Mitglied, was sagt man dazu, ich freue mich, ich bin Jacob.« Aufgeregt streckte er Eric seine feuchte Hand hin und ich verdrehte genervt die Augen. »Dann kommt schnell rein ihr zwei.« Er klatschte sich in die Hände, als er vorausging. Ich hätte schwören können, dass er versuchte zu hüpfen, leider sah es eher aus wie ein angeschossenes Nilpferd auf der Flucht.

»Sie sind Mitglied in dieser Gruppe?« Eric hatte mich zurückgehalten und ich musterte ihn skeptisch. Was sollte diese Frage? Als ob er das nicht längst wüsste, er musste es irgendwie herausgefunden haben und hatte nun, warum auch immer, beschlossen, ebenfalls an den Sitzungen teilzunehmen. Daher nickte ich ihm stumm zu und folgte Jacob zurück in den überhitzten und wirklich übel riechenden Raum.

Ich musterte Eric, der mir gegenüber Platz genommen hatte, verstohlen. Auch er hatte sich in Alltagskleidung geworfen, doch irgendwie sahen Jeans und Kapuzenpullover an ihm aus, als trüge er einen maßgeschneiderten Anzug. Er fing meinen Blick auf und lächelte mir zu, sogleich sah ich erschrocken weg. Das konnte ja heiter werden.

»Ihr Lieben, wie ihr mitbekommen habt, dürfen wir heute wieder ein neues Mitglied begrüßen, sagt Hallo zu Eric«, näselte Jacob und ich fiel wieder in diesen Automatismus zurück, den ich mir hier angeeignet hatte: Etwa alle zwei Minuten zustimmend nicken, auch wenn ich nichts von den Gesprächen mitbekam. Wenigstens war ich um Jacobs Geschichte herumgekommen.

»Eric, ich bin so unsagbar stolz auf jedes einzelne meiner Schäfchen, das dem Frevel und der Sünde so tapfer entsagt hat, denn niemand als ich weiß besser, wie viel Kraft das kostet. Um dir Mut zu machen und zu zeigen, dass es machbar ist, möchte ich auch dir eine Geschichte erzählen. Ich war jung und wusste es nicht besser ...«

Mein Schluchzen unterbrach erneut Jacobs Rede.

»Lexi, warum weinst du denn? Ist alles in Ordnung?«

»Nur ... so gerührt«, wiegelte ich ab und zwang meine Gedanken an einen fernen Ort, weit weg von hier, fort von Jacobs nasaler Stimme und seiner Lebensgeschichte. Heiße, fordernde Lippen drängten sich in den Vordergrund und ich tauchte dankbar in meine Erinnerungen ein. Offensichtlich war ich dort recht lange geblieben, denn geraume Zeit später zuckte ich erschrocken zusammen, als mich jemand unsanft rüttelte.

»Lexi haben Sie sich in eine Art Trance versetzt?«, hörte ich durch meinen geistigen Nebelschleier Erics tiefe Stimme.

»Bitte?« Verschlafen sah ich zu ihm auf.

»Die Leute sind alle gegangen und Jacob möchte gern abschließen.«

Verwirrt blickte ich mich um. Tatsache, niemand war mehr da. Da soll doch mal einer behaupten, Meditation sei Schwachsinn. Ich begegnete Jacobs vorwurfsvollem Blick, sprang übereilt auf und zwängte mich mit gesenktem Kopf an ihm vorbei zur Tür heraus.

»Ist das immer so?«, wollte Eric von mir wissen, während er darauf bestanden hatte, mich zu meinem Wagen zu begleiten.

»So?«

»Anstrengend?«, wagte er sich vor, und als ich losprustete, fiel er erleichtert in mein Lachen ein. Dabei zeichneten sich erneut deutlich seine Grübchen an den Wangen ab und ich atmete tief durch.

»Wieso sind Sie hier?«, wollte er schließlich wissen, als wir an meinem Auto angekommen waren.

»Ist das nicht offensichtlich?«

»Das schon, doch ich frage mich, wie der Club und die Selbsthilfegruppe zusammenpassen?«

Das war ein sehr guter Einwand, der mir seit geraumer Zeit ebenfalls Bauchschmerzen bereitete, doch das musste ich ihm ja nicht auf die Nase binden. »Und Sie?«, entgegnete ich daher einfach, in der Hoffnung, sein Interesse von mir abzulenken. Männer sprachen gerne über sich, das sollte also ausreichen.

»Sie weichen mir aus.« Ich verzog den Mund, schlaues Kerlchen.

»Nun, ich bin auf der Suche nach diesem einen Puzzleteilchen, das mich vollkommen machen wird«, lächelte ich versonnen und brachte ihn mit dieser Aussage wohl zum Nachdenken, denn er schien einen Augenblick abwesend zu sein, während sein Blick sich irgendwo hinter mir festbohrte. Dann räusperte er sich und das unbekümmerte Strahlen kehrte in sein Gesicht zurück.

»Verzeihen Sie mir, wenn ich zu direkt sein sollte, doch wie schafft man es, erfolgreich abstinent zu sein?«

»Ich kann Ihnen nicht sagen, wie man es erfolgreich macht«, grinste ich. »Die vier Wochen Entzug zwischen den Clubbesuchen überstehe ich nur mit Hilfe meiner batteriebetriebenen Freunde«, zwinkerte ich ihm zu und stieg in mein Auto ein. Bevor ich jedoch die Tür schließen konnte, ging Eric dazwischen.

»Und was raten Sie jemandem, der darauf nicht zurückgreifen kann?«

»Dass Sie es versuchen sollten, Sie wären erstaunt, wie viel Spaß Sie haben könnten.« Er sah mich so geschockt an, dass er vergaß, die Autotür weiterhin aufzuhalten, also zog ich sie schnell zu. Der Hundeblick aus seinen hellblauen Augen veranlasste mich jedoch dazu, das Fenster herunter zu kurbeln.

»Warum wollen Sie überhaupt enthaltsam leben? Sie sind nicht der Typ dazu. Ein Mann wie Sie sollte so vielen Frauen Lust und Leidenschaft schenken wie möglich«, hörte ich mich sagen und schüttelte innerlich den Kopf. Was tat ich denn da? Sein Grinsen wurde immer breiter und schließlich beugte er sich herunter, so dass er mir durch den offenen Fensterspalt direkt in die Augen sehen konnte.

»Ist das so?«, raunte er und seine Stimme versuchte deutlich, mich einzulullen.

»Möglicherweise sollte ich mit Ihnen anfangen?«

Ich atmete tief durch und ließ seine Worte auf mich wirken. So sexy seine Stimme auch klang, sie löste kein wundervolles Prickeln in mir aus, keinen wohligen Schauer, der meine Wirbelsäule entlang kroch und sich zielsicher seinen Weg zwischen meine Beine suchte. Eric war toll, keine Frage, aber etwas Entscheidendes fehlte.

»Möglicherweise«, gab ich daher ausweichend lächelnd zur Antwort, trat auf das Gaspedal und ließ Surfer-Boy einfach stehen.

6· Not amused

Während des Mittagessens starrte ich missmutig den zusammengeschrumpften Blattspinat an, der trostlos von meiner Gabel hing und in welchem definitiv kein Leben mehr steckte. Weshalb gab es Spinat in den Kantinen, fragte ich mich nicht zum ersten Mal. Sicherlich hatte die Chefetage überall versteckte Kameras angebracht und amüsierte sich prächtig über die peinlichen Mitarbeiter, die den ganzen Tag mit grünen Resten zwischen den Zähnen herumliefen.

»Du siehst so ernst aus, Lex? An was denkst du?«, wollte Jenny wissen.

Ich verzog den Mund und schüttelte den Kopf. »Das willst du nicht wissen, glaub mir.«

»Machst du dir Gedanken wegen deines heimlichen Gönners? Oder wegen Eric? Darf ich dich nächste Woche von der Selbsthilfegruppe abholen?«, grinste sie mich an und zähneknirschend versuchte ich, den kleinen Rest Spinat an ihrem Schneidezahn zu übersehen. Mürrisch legte ich die Gabel beiseite und widmete mich dem Kartoffelbrei.

»Natürlich darfst du mich abholen und nein, ich sorge mich nicht. Nicht wirklich jedenfalls.« Das war nur halb gelogen.

»Aber dich beschäftigt etwas, ich merke das doch.«

»Naja, die Sache mit Eric«, gab ich schließlich zu. »Ich weiß nicht, was er auf einmal in der Gruppe will oder was er damit bezweckt. Ich frage mich nun täglich, ob er der Clubbesitzer sein könnte.«

»Aber wüsstest du das nicht längst?«, warf Jenny ein.

»Wahrscheinlich. Es ist nur, dieses Gefühl, das ich empfinde, wenn meine Augen verbunden sind, ist der pure Wahnsinn. Das ist eine Emotionsachterbahn vom Feinsten. Und Eric? Ja ich gebe zu, ich finde ihn natürlich anziehend, ebenso wie Raul, aber diese Sinnlichkeit und Leidenschaft, die habe ich bisher nur bei einem einzigen Mann verspürt.«

»Hör nicht auf, mach weiter«, seufzte Jenny, die ihren Kopf auf dem Handgelenk abgestützt hatte und mir sehnsüchtig an den Lippen hing, was mich dazu veranlasste, lachend meine Serviette nach ihr zu werfen.

»Ach komm, du weißt, nur eine von uns bekommt die begehrenswerten Männer und heißen Sex, und ich bin es nicht.« Mitleidig sah ich sie an.

»Genau genommen hatte ich mit *ihm* ja auch keinen Sex«, warf ich ein.

»Aber Oralsex, was dem Ganzen schon sehr nahe kommt.«

»Oh ja.«

»Siehst du?«

Lachend gab ich mich geschlagen und hob die Hände als Zeichen meiner Kapitulation.

»Und siehst du ihn wieder in drei Wochen?«

Ich nickte und meine Gedanken schweiften zu dem nächsten Treffen ab. Sofort wurde ich von einer aufregenden Unruhe erfasst. »Wenn die Zeit zwischen den Treffen nur nicht so endlos lange wäre«, erwiderte ich niedergeschlagen.

»Du könntest sie dir mit Eric überbrücken«, zwinkerte sie mir verschmitzt zu.

»Vielleicht«, gab ich nachdenklich zurück. Ich war mir in Bezug auf Eric in keinerlei Hinsicht sicher. Der nächste Dienstag würde sicherlich zeigen, wie ich mich entscheiden würde.

*

Man würde diese Eigenschaft im Zusammenhang mit mir vermutlich nicht als Erstes nennen, aber ich war tatsächlich zu feige gewesen und hatte an den kommenden Sitzungen der Selbsthilfegruppe nicht teilgenommen. Jacob war mit Sicherheit einem Nervenzusammenbruch nahe, doch ich hatte mich nicht durchringen können, wie ich mit Eric verbleiben sollte, und war ihm daher schlichtweg aus dem Weg gegangen.

Und nun stand ich hier, meine Atmung ging vor lauter Aufregung ganz flach und der Gedanke an meinen heimlichen Gönner jagte meinen Puls in ungeahnte Höhen.

Etwas unsicher betrachtete ich mein Erscheinungsbild im Spiegel. Auch dieses Mal hatte er mir die Abendgarderobe zukommen lassen, die ebenfalls erneut ein Traum war, doch im Gegensatz zu den letzten beiden schien sie mir ziemlich züchtig zu sein? Dunkler lilafarbener Satin, der sich bodenlang kühl um meine Beine legte. An meiner Taille ging der geraffte Stoff in das handgestickte Spitzenoberteil in derselben Farbe über, wobei der Ausschnitt dieses Mal unterfüttert und sehr hochgeschlossen war, so dass das Kleid lediglich schulterfrei war. Die langen, ebenfalls gestickten Ärmel reichten bis an meine Handgelenke. So offenherzig die zwei anderen Kleider gewesen waren, so geschlossen schien mir dieses. Es war wunderschön, keine Frage, jedoch nicht sehr sexy, und das gab mir zu denken. Gefiel ich ihm denn nicht mehr? Ich hatte jedoch keine Zeit mir weiter darüber Gedanken zu machen, denn das Läuten kündigte meinen Abholservice an.

Ich hatte es mir in der Nähe des Buffets bequem gemacht, von wo aus ich die Gäste beobachtete. Die Frauen trugen tatsächlich Kleider in allen Schattierungen von Lila, womit meine Frage nach dem Dresscode beantwortet wäre. Zwischen all den freizügigen Dekolletés und üppig mit Schmuck behangenen Damen, kam ich mir schrecklich fehl am Platz vor. Den einzigen Behang, den ich hätte vorweisen können, stammte aus der Modeschmuckboutique in der Stadt.
Während ich unauffällig ein Eclair nach dem anderen in meinem Mund verschwinden ließ, und mich wirklich zusammenreißen musste bei dem einzigartigen Geschmack nicht laut aufzustöhnen, schweifte mein Blick auf der Suche nach Surfer-Boy durch den großen Ballsaal. Aber Eric war nicht hier.

Meine Gedanken überschlugen sich. Was hatte seine Abwesenheit für mich zu bedeuten? War er sauer, weil ich nicht in der Gruppe gewesen war, oder würde ich ihm gleich gegenüberstehen, wenn der Butler mich nachher von hier fortholte? *Falls* er mich holte. Wann würde der geheimnisvolle Fremde sich zu erkennen geben? Ungeduldig wippte ich mit dem Fuß zu einem Takt, den es überhaupt nicht gab, da keine Musik gespielt wurde.

»Entschuldigen Sie, darf ich Sie etwas fragen?« Wieder hatte ich niemanden kommen gehört und ärgerte mich über meine Schreckhaftigkeit. Eine hübsche junge Frau, etwa in meinem Alter, lächelte mich charmant an. Als ich auf den Platz neben mich wies, schien sie sehr erfreut zu sein.

»Ich sehe Sie zum dritten Mal hier, doch jedes Mal, wenn der spaßige Teil des Abends beginnt, sind Sie verschwunden«, sagte sie beinahe beleidigt. Ich starrte die Frau mit großen Augen an, war das eine Anmache gewesen? Als ich nichts erwiderte, fuhr sie fort: »Ich hatte gehofft, Sie näher kennenlernen zu dürfen.« Sie sah mir direkt in die Augen und ihr Blick sprach Bände. Jup, das war definitiv eine Anmache.

»Es tut mir leid«, setzte ich an und holte tief Luft. Wie sollte ich das denn nur immer erklären? »Es ist leider so, dass ich jedes Mal, bevor es hier gemütlicher wird, weggeholt werde.« Ja das klang neutral und einleuchtend, für mich jedenfalls.

»Sie meinen in die unteren Räume?« Ungläubig starrte sie mich an.

»Ich verstehe nicht?«

»Im Keller soll es einen VIP-Bereich geben, so heißt es zumindest. Dort sollen verschiedene Räume existieren, in denen die Leidenschaft bis aufs Äußerste ausgelebt werden kann.« Ihre Stimme klang regelrecht ehrfürchtig. Nun hatte sie mich neugierig gemacht.

»Und diese Räumlichkeiten sind nicht für alle Mitglieder des Clubs zugänglich?«

»Nein, leider nicht«, seufzte sie. »Es ist nur ganz wenigen auserwählten Gästen gestattet, sich dort aufzuhalten. Und jeder Einzelne von ihnen ist danach zum absoluten Stillschweigen gezwungen. Niemand von uns weiß, was sich dort unten abspielt, oder ob es diesen Bereich tatsächlich gibt.«

»Interessant«, murmelte ich.

»Aber wenn Sie nicht im Kellerbereich gewesen sind, wo waren Sie dann?« Ich sah die Frau mit einem nervösen Lächeln an. Eine berechtigte Frage, doch was sollte ich darauf antworten? Ich war mir sehr sicher, dass der Raum hinter dem Spiegel ebenfalls ein Geheimnis bleiben sollte, doch mir fiel keine passende Lüge ein.

»Madame, der Seigneur erwartet Sie«, rettete mich Gerard aus dieser misslichen Situation und ich hätte ihm vor Dankbarkeit um den Hals fallen können. Seine griesgrämige Miene schreckte mich jedoch ab und so erhob ich mich schnell und warf meiner Gesprächspartnerin einen entschuldigenden Blick zu. Sie stand ebenfalls auf, wobei ihre Hand flüchtig meinen Arm streifte.

»Ich hoffe, wir werden eines Tages das Vergnügen haben«, sagte sie leise zum Abschied. Während ich dem Butler folgte, kam mir meine Erfahrung mit dem weiblichen Geschlecht in den Sinn, die ich im Laufe meiner Suche nach dem fehlenden Puzzleteil natürlich nicht ausgelassen hatte. Jedoch war auch dieses Erlebnis zwar berauschend gewesen, aber nicht das, wonach mein unstetes Herz verzweifelt gesucht hatte.

Erneut wartete ich mit verbunden Augen angespannt auf den geheimnisvollen Fremden und fragte mich wiederholt, weshalb ich ihn nicht sehen durfte. Weil ich ihn kannte etwa? Weil die Magie unserer Treffen sonst wirkungslos wäre? Oder einfach nur, weil er Spaß daran hatte? Ich brannte auf die Antwort, doch noch mehr darauf, wie er aussah. Wenn ich mich in den Erinnerungen unserer Treffen verlor, dann wusste ich nur, wie mein Körper auf seine Berührungen reagierte. War er vielleicht hässlich oder gar entstellt? Ich schüttelte den Kopf, diese Mutmaßungen brachten mich nicht weiter.
»Lexi«, hörte ich ihn eintreten und bekam eine Gänsehaut. Jedoch nicht vor Wonne, in seiner Stimme hatte ein seltsamer, bedrohlicher Unterton mitgeschwungen.
»Du siehst bezaubernd aus, gefällt dir dein neues Kleid?«
Der Smalltalk verwirrte mich, etwas stimmte nicht, das fühlte ich. Meine Sinne erfassten, dass er verärgert sein musste. »Es ist wundervoll, vielen Dank«,

antwortete ich eingeschüchtert und meine Gedanken überschlugen sich. War es am Ende doch Eric, der nun sauer auf mich war, weil ich die Selbsthilfegruppe geschwänzt hatte? Großer Gott - oder gar Jacob? Mir wurde schlecht und meine Hände begannen sichtlich zu zittern.

Ich konnte seine Aura regelrecht spüren, als er näher kam.

»Hast du dich gut amüsiert seit deinem letzten Besuch hier?«, fragte er eine Spur zu spitz und ich runzelte die Stirn. Was wollte er von mir? »Ich verstehe nicht?«

Er beugte sich zu mir, sein heißer Atem streifte meinen Nacken, als er mir ins Ohr flüsterte: »Ich weiß alles über dich, Lexi.«

Ich erschauderte. Spionierte er mir etwa hinterher? Abgesehen davon hatte ich mich mit niemandem amüsiert außer ihm. Und selbst wenn, was ging ihn das an? Ich wollte gerade zu einer Erwiderung ansetzen, als ich ein Geräusch vernahm, das mich stutzen ließ. Machte er sich gerade an seiner Hose zu schaffen?

»Man sollte meinen, die äußerst private, körperliche Zuwendung in einem Etablissement wie diesem wäre ausreichend, doch dem scheint nicht so«, grollte er und im nächsten Moment nahm er meine Hand. Ich zuckte zusammen, als er sie direkt um seine entblößte Erektion legte, und hätte beinahe vor Freude geweint, als mir klar wurde, dass er vom Herrgott äußerst gut bestückt worden war. Sogleich umschloss meine Hand ihn und fuhr in sanften Bewegungen auf und ab, womit ich ihm ein Stöhnen entlockte.

»Du hast mich verstimmt Chéri, jetzt kannst du es wieder gut machen«, raunte er, während er mich mit sanftem Druck auf meine Schultern in die Knie zwang. Ich hatte ihn verärgert? Himmel, mit was denn nur? Mir blieb jedoch keine Zeit mehr darüber nachzudenken, denn im nächsten Augenblick kniete ich vor ihm, meine Hand lag noch immer um seine Erektion und ich lächelte in freudiger Erwartung auf seinen Geschmack. Langsam ließ ich meine Lippen über ihn gleiten, bis ich ihn so weit aufgenommen hatte, wie es mir möglich war und der kehlige Laut, den er von sich gab, verriet mir, dass es ihm gefiel. Mein Herz schlug schneller, plötzlich war ich nervös, denn ich wollte alles richtig machen, wollte ihm Freude schenken, wie er sie noch nie erlebt hatte und vor allem wollte ich ihn besänftigen - für was auch immer.

Der salzige Geschmack seiner Haut entfachte auch in mir ein schmerzhaftes Ziehen und Brennen, und als ich meine Zunge auf seiner samtigen Spitze kreisen ließ, konnte ich mir ein Keuchen nicht verkneifen. Meine angefachte Leidenschaft machte mich gierig und ich verstärkte den Druck meiner Lippen, während er nun mit schneller werdenden Bewegungen anfing, in meinen Mund zu gleiten. Seine Hände krallten sich in meinen Haaren fest, er atmete hörbar gepresst aus und sein Stöhnen fuhr direkt zwischen meine Schenkel. Der Rhythmus seiner Stöße wurde drängender, intensiver und ich nahm jeden Millimeter, den er mir schenkte, mit Genuss auf. Das fordernde Pochen in meiner Mitte teilte mir schmerzhaft mit, dass es nicht mehr weiter ignoriert werden wollte. Ich sehnte mich nach der Befriedigung, die ich ihm schenkte, nach seinem Schwanz, der mich ausfüllte und mir mit größter Sicherheit unvorstellbare Freuden schenken würde.

»Oh Gott Lexi«, zerriss seine vor Lust belegte Stimme die Stille, dann packte er meinen Kopf mit beiden Händen und hielt mich fest, während er in mich stieß und meine Lippen ihm die Befriedigung gaben, nach welcher er gierte.

Ich schmeckte die salzige Flüssigkeit, die sich in meinen Mund ergoss im selben Moment, in dem sein Schrei durch den Raum gellte. Eine mir bis dahin nicht gekannte Leidenschaft ließ meinen Körper erzittern und trieb meine Lust an die Spitze, während ich sorgsam darauf achtete, mit meiner Zunge auch die letzten Tropfen in mich aufzunehmen.

Als er mich nach einer gefühlten Ewigkeit sanft wieder hochzog, spürte ich deutlich, dass sein Körper ebenfalls noch bebte, während er hörbar damit kämpfte, seine Atmung wieder unter Kontrolle zu bekommen. Wie gerne hätte ich ihm jetzt in die Augen geblickt und versucht, in seinem Gesicht zu lesen. Hatte es ihm gefallen? Warum sagte er denn nichts. Unschlüssig und überaus erregt stand ich vor ihm, spürte seine Nähe, seinen Atem und wünschte mir, dass er endlich all die angestaute

Lust in mir frei lassen würde. »Das war eine bessere Besänftigung, als ich sie mir je hätte vorstellen können«, keuchte er. Ich hörte, wie er den Reißverschluss seiner Hose wieder schloss, dann strich seine Hand kurz über meinen Arm.

»Du bist die richtige Wahl gewesen, Chérie.« Sanft glitten seine Finger über meine Wange und anschließend über meine geröteten Lippen. »Ich sehe dich in vier Wochen wieder, Lexi«, tönte seine raue Stimme. »Heute hast du es nicht verdient, doch beim nächsten Mal werde ich dich ganz und gar kosten.«

»Aber ...« Fassungslos stand ich da, das schmerzende Pochen in meinem Unterleib verhöhnte mich und ich musste damit kämpfen, dass mir heute keine Erleichterung widerfahren würde. Zumindest nicht hier. Ich musste dringend nach Hause. Sofort.

»Ach und Lexi?«

»Ja?« Wieder zuckte ich zusammen, ich hatte angenommen, dass er den Raum längst verlassen hatte.

»Du wirst dich in den nächsten vier Wochen von deinen Spielsachen fernhalten. Wenn ich herausfinde, dass du meinen Anweisungen nicht gefolgt bist, wird das neuerliche Konsequenzen haben.«

Mit offenem Mund starrte ich an die Stelle, von der ich annahm, dass er dort gestanden haben musste. Ich konnte es nicht fassen. Woher wusste er von meinen intimen Plastikfreunden? Plötzlich erschauderte ich. *Eric* fuhr es mir durch den Kopf. Ich hatte Eric davon erzählt, auf dem Parkplatz vor der Selbsthilfegruppe. Großer Gott, also war er der geheimnisvolle Clubbesitzer? Mein Herz raste und ich bekam kaum noch Luft.

»Madame«, murmelte Gerard auf einmal hinter mir und im selben Moment wurde die lästige Augenbinde entfernt. Ich blinzelte angestrengt und wollte ihm gerade folgen, da hob er mir ein Taschentuch vors Gesicht. Als ich ihn irritiert ansah, verdrehte er die Augen, räusperte sich und deutete widerwillig auf meinen Mundwinkel. Sofort schoss ein Teil der Hitze, die sich zwischen meinen Beinen geballt hatte in mein Gesicht und ich wäre vor Scham am liebsten im Boden versunken. Es war eine Sache, solche Dinge zu machen, doch eine andere, wenn Unbeteiligte sichtbare Spuren davon mitbekamen. Gerard jedoch verzog keine weitere Miene und ging voraus. Ich schloss die Augen und atmete tief durch. In mir tobte ein gewaltiges Feuer, das ich weder heute noch an einem anderen Tag in den nächsten vier Wochen ausbrechen lassen durfte. Vor mir lag die Hölle.

7. Lust & Frust

Es gab zwei Welten, in denen ich lebte. Die sündige, wenn ich im Club war, und der ganz normale, langweilige Alltag, der in krassem Widerspruch zu den sinnlichen Samstagen stand. Das Arbeiten fiel mir heute unheimlich schwer, ich brauchte jemanden zum Reden, dringend. Da ich nicht bis zur Mittagspause warten konnte, war ich unter einem Vorwand aus dem Büro gestürmt, um Jenny an ihrem Arbeitsplatz aufzusuchen.

»Oh Gott, du siehst ja furchtbar aus«, sagte diese mitleidig, als ich auf sie zu kam.

»Du hast ja keine Ahnung«, stöhnte ich und ließ mich von ihr in den Gemeinschaftsraum ziehen, in welchem ein nagelneuer Kaffeevollautomat stand, der mein Herz höher schlagen ließ.

Jenny vergewisserte sich, dass wir keine ungebetenen Zuhörer hatten, dann nahm sie mich mitfühlend in den Arm. »Was ist los Lex?«

»Ich darf keinen Orgasmus haben«, schniefte ich an ihrer Schulter, von der ich plötzlich unsanft weggedrückt wurde.

»Ich auch nicht, siehst du mich deshalb weinen? Nein - obwohl ich wirklich jeden Grund dazu hätte.« Sie zog mich zur gepolsterten Sitzecke, wo sie neben mir Platz nahm.

»War dein Treffen am Samstag nicht so schön?«, fragte sie sanft.

»Es war ... irgendwie seltsam«, erwiderte ich und erzählte ihr haarklein jedes Detail. Sogar die Peinlichkeit mit Gerard, was ich aber sofort wieder bereute, denn daraufhin hatte sie geschlagene fünf Minuten nicht mehr aufgehört zu lachen.

»Und er erlaubt dir jetzt nicht, dass du es dir selber machen darfst?«, versuchte sie wieder ernst zu werden und wischte sich verstohlen eine Träne aus dem Augenwinkel.

»Nein.«

»Ich verstehe nicht, warum du dir das überhaupt vorschreiben lässt? Selbst wenn du heute eine regelrechte Batterie-Orgie veranstaltest, wie soll er das denn mitbekommen?«

»Ich weiß, es ist nur - ich habe Angst, dass er es herausbekommt und noch einmal überstehe ich diese Folter nicht, das sage ich dir.«

»Und wenn du einfach nicht mehr hingehst und wieder zu deinem normalen Alltag zurückkehrst?«
Ich sah sie gequält an und sie nickte mir mitfühlend zu. »Verstehe, diese Option ist nicht drin.«

»Ich kann nicht aufhören, ihn zu treffen Jenny«, wisperte ich kopfschüttelnd. »Wenn ich mit ihm zusammen bin, dann geschieht etwas, das noch jenseits meines Verstandes liegt und darauf wartet, entschlüsselt zu werden.« Ich sah tief in ihre warmen, hellbraunen Augen und flüsterte: »Möglicherweise ist er das fehlende Puzzleteil, ich kann nicht gehen, bevor ich das herausgefunden habe.«

»Du hast Recht«, seufzte sie und nahm tröstend meine Hand in ihre. »Dann wirst du wohl in den sauren Apfel beißen und dich die nächsten Wochen von einem Orgasmus verabschieden müssen. Falls es dich tröstet, ausnahmsweise kann ich dir in diesem Fall mit meinen Erfahrungen zur Seite stehen.« Ich lächelte sie zerknirschtt an und wollte sie gerade in meine Arme schließen, als ein Geräusch uns aufschrecken ließ. Wir fuhren beide zur Kaffeemaschine um und sahen irritiert auf die zerbrochene Tasse, die auf dem Boden lag. Jemand musste sie versehentlich heruntergeworfen haben. Jemand war hier gewesen und hatte unser Gespräch mitverfolgt. Meine Nackenhärchen stellten sich auf, doch als ich zu Jenny sah, zuckte sie ratlos mit ihren Schultern.

»Wer war das?«

»Einer von Hunderten?«

Ich presste meine Lippen aufeinander und ein merkwürdiges Gefühl beschlich mich. Wenn es ein ganz normaler Kollege gewesen wäre, hätte er eher anzügliche Witze über unsere Unterhaltung gemacht, aber nicht heimlich gelauscht. Mein Magen zog sich zusammen und meine Gedanken überschlugen sich.

»Lex, Süße, ich muss nun leider wirklich zurück, mein Chef hat bestimmt schon ein hochrotes Gesicht vor Aufregung, weil ich nicht an meinem Platz bin. Und bei dem hohen Blutdruck, den er mit sich rumschleppt, möchte ich lieber kein Risiko eingehen.« Mitfühlend zog sie mich erneut in ihre Arme, während wir aufstanden.

»Um zwölf in der Kantine?«

»Aber sicher«, seufzte ich und betete, dass es heute keinen Spinat geben würde.

*

Weil der Tag anscheinend nicht schlimm genug gewesen war, gab ich mir noch die volle Dröhnung von Guru Jacobs sexlosen, verlorenen Seelen, die auf der vergeblichen Suche nach Erleuchtung waren. Es war sinnlos, Eric aus dem Weg zu gehen, also schleppte ich mich freudlos in die Höhle des Löwen.

»Lexi, du glaubst nicht, wie sehr ich mich freue, dass du wieder da bist. Die letzten Wochen waren geprägt von quälender Ungewissheit und Selbstvorwürfen. Ich dachte, ich hätte eines meiner Schäfchen verloren, doch nun bist du wieder hier und alles wird gut.«

Völlig unvorgesehen zog Jacob mich in seine Arme und presste mir sämtliche verbliebene Luft aus den Lungen. Seine Stimme hatte meinen Würgereiz bereits überstrapaziert, doch sein dunkles, schweres Aftershave, das penetrant nach Moschus roch und der kalte Schweiß, der in seinem dicken, selbstgestrickten Rentierpullover festsaß, taten ihr Übriges. Ich gab kleine, röchelnde Laute von mir, wobei ich versuchte, nur durch den Mund aus - und einzuatmen, doch dann hörte ich ihn schluchzen und wusste, dass ich für die nächsten Sekunden in meiner ganz privaten Hölle gefangen sein würde.

»Jacob, lass Lexi doch etwas Luft holen, vielleicht möchte sie uns ja sagen, weshalb sie die letzten Sitzungen hat ausfallen lassen?«

Sobald die Umarmung lockerer wurde, zog ich mich mit einem kräftigen Ruck zurück und drehte mich langsam zu dem Mitglied um, das mich augenscheinlich in die Pfanne hauen wollte. Natürlich. Eric, wer sonst.

»Das ist eine hervorragende Idee. Lexi, stell dich doch bitte in den Stuhlkreis, gehe in dich und öffne deine Seele für uns«, näselte Jacob und nicht zum ersten Mal fragte ich mich, ob er auf Männer stand. So wie er eine Hand in der Hüfte abgestützt hatte und die andere in der Luft baumeln ließ, deutete alles darauf hin, dass er die Löffelchenstellung liebte, aber nur, solange er vorne lag. Glücklicherweise konnte ich ein Grinsen gerade noch unterdrücken. Die Vorstellung von ihm beim Sex jagte mir Angst ein, aber es würde einiges erklären. Jacob war so sehr auf seine Seelenreinigung bedacht, ich hegte schon länger die Vermutung, dass er sich gegen seine wahre Natur zu wehren versuchte, was völliger Blödsinn war. Der Liebe und Leidenschaft ist das Geschlecht egal, leider den meisten Leuten nicht. Fast tat er mir leid, dass er sich das Leben verwehrte, von dem er vielleicht träumte, doch nur fast. Während er mich nachdrücklich in den Stuhlkreis schob, hegte ich äußerst unfreundliche Gedanken über ihn.

Wütend funkelte ich Eric an, der mir das hier eingebrockt hatte, doch seine überaus gute Laune
zeigte mir, dass er sich daran ergötzte.

»Öffne dich«, wiederholte Jacob in einer Art Singsang und ich verfluchte mich, hierher gekommen zu
sein. Wieder einmal. Ein letztes Mal holte ich tief
Luft, wobei ich nur abgestandene Verzweiflung und
unterdrückte Lust inhalierte.

»Ich war krank«, sagte ich kurz und knapp, ging zu
dem einzig freien Stuhl, nahm Platz und ließ mich
angestrengt zurücksinken. Jacobs Gesumme ver-
stummte plötzlich und er sah mich enttäuscht an.
»Oh«, murmelte er, und da ich ihn offensichtlich
aus dem Konzept gebracht hatte, benötigte er einen
Moment, um sich wieder zu sammeln. Diese Zeit
nutzte ich, um Eric, der mir gegenübersaß, einen
weiteren finsteren Blick zuzuwerfen. »Sie sind tot«,
formte ich mit den Lippen und kniff meine Augen
zusammen. Sein plötzlicher Lachanfall, der die be-
drückte Stille auf dem *Friedhof der Leidenschaft*,
wie ich diese Truppe hier gern nannte, zerriss, ließ
alle Mitglieder erschreckt auffahren. Neidisch registrierte ich, dass einige von ihnen meine Ange-
wohnheit des Wachschlafens angenommen hatten,
und ich durfte nicht mitmachen.

Jacob entschuldigte sich, wahrscheinlich benötigte
er zwei Minuten Denkzeit. Diese nutzte ich dazu,
meinen Blick über den traurigen Rest schweifen zu
lassen. Sally zupfte an ihrem Dekolleté herum, welches quasi nur aus viel Brust und einigen wenigen
Fetzen Stoff bestand. Immer wieder sah sie dabei

verstohlen zu Will, dessen Gesichtsfarbe eine unschöne rote Färbung angenommen hatte.

Micha hatte seine Arme um sich selbst gelegt und schaukelte in einem wirren Takt vor und zurück, während er leise etwas flüsterte, das ich nicht verstehen konnte. Man der war echt durch.

Die Namen der MILFs konnte ich mir nie merken. Nicht ich hatte sie im Übrigen so bezeichnet, so hatten sie sich tatsächlich vorgestellt. Zwei pralle Damen im reiferen Alter, die wohl beide eher ungern die Gesellschaft gleichaltriger Männer suchten.

Dann gab es noch diesen Nerd, Tobias, glaube ich, der immer eine viel zu kurze Hose anhatte, die bei jeder Sitzung seine dünnen Beinchen und die weißen Tennissocken zum Vorschein brachten. Permanent nestelte er an seiner Brille herum, deren Gläser so dick waren, dass ich ihn heimlich nur »Fischauge« nannte.

Kaum hatte ich die nächste Person anvisiert, schnellte mein Puls sogleich in die Höhe. Dunkle, geheimnisvolle Augen taxierten fragend meinen Blick und ich musste dem Drang widerstehen, peinlich berührt auf den Boden zu starren. Raul. Hach, ja, dann gab es noch ihn. Die Inkarnation eines jeden feuchten Traumes, die fleischgewordene Offenbarung und Erfüllung jeder Libido.

»Überlegen Sie sich gerade, für wen von uns Sie die meisten Kamele bekommen?«, witzelte Eric in diesem Moment und mit einem lauten, gedanklichen

Plopp löste sich der Tagtraum in Nichts auf, der sich bei Rauls Anblick geformt hatte.

»Ich wette, für Sie würde ich zehn Kamele bekommen - allerdings nur, wenn Sie den Mund nicht aufmachen würden«, entgegnete ich nicht sehr freundlich, was ihn jedoch nicht weniger grinsen ließ. Seufzend nahm ich zur Kenntnis, dass seine Grübchen wirklich sehr anziehend waren. Verärgert schüttelte ich den Kopf. Diese Gruppe machte mich mürbe.

»Meine Schäfchen, ich habe meine Mitte wieder gefunden und wir können fortfahren«, unterbrach uns Jacob schließlich. *Meine Mitte* ..., oh ja, die war ebenfalls gefunden worden und ich wette, ich hatte dabei mehr Spaß gehabt als Jacob. Die nächste Stunde verfiel ich wieder in meinen gewohnten Wachkomazustand und grübelte über Eric und den Club nach. Es half alles nichts, ich würde ihn zur Rede stellen müssen.

»Sind Sie neuerdings zu meinem persönlichen Wachhund degradiert worden?«, fragte ich Eric, der nach der Sitzung am Ausgang auf mich gewartet zu haben schien und mich erneut zu meinem Auto begleitete.

»Ich kann alles sein, was Sie möchten«, sagte er verschmitzt, und als ich zu ihm aufblickte, konnte ich deutlich den Schalk in seinen hellen Augen blitzen sehen.

»Wo waren Sie, Lexi? Ich habe mir Sorgen gemacht.«

»Aha.«

»Sie hätten von einem bestialischen Serienkiller verschleppt und gefoltert werden können, ohne Hoffnung auf Hilfe.« Ich blieb abrupt stehen und sah ihn entgeistert an. »Schauen Sie nicht so entsetzt, die Welt ist voll von kranken Gemütern.« Da gab ich ihm Recht, immerhin saß ich einmal in der Woche mitten unter ihnen.

»Vielleicht sollten Sie mir Ihre Handynummer geben? Nur zur Sicherheit, damit ich beim nächsten Mal abklären kann, ob es Ihnen gut geht.«

»Netter Versuch.«

»Wenn Sie mir sagen, mit was ich Sie verstimmt habe, dann wäre mir sehr geholfen.«

Ich blieb stehen und sah ihm in die Augen. »Eric sind Sie der Clubbesitzer?«

»Wie meinen?«

»Schon gut.« Genervt ging ich weiter. Er würde es mir ohnehin nicht sagen, wenn es so wäre. An meinem Auto angekommen, wollte ich aber noch eines geklärt wissen. »Haben Sie irgendjemandem erzählt, dass ich es mir zu Hause gerne mit Plastikspielzeug gemütlich mache?«

»Wie käme ich dazu?« Entgeistert musterte er mich. »Aber dieses Thema können wir sehr gerne vertiefen, wenn Sie möchten?« Sein Lächeln bedeutete mir, dass jegliche Antwort sinnfrei gewesen wäre.

»Eric, warum waren Sie am Samstag nicht im Club?«, fiel mir dann siedend heiß ein.

»Ich war krank«, gab er zwinkernd zurück. »Wir sehen uns nächste Woche, vielleicht sollten wir in der
Gruppe den Sinn der Enthaltsamkeit diskutieren
und auf Plastikfreudenspender ausweiten, was
meinen Sie?«

Sein Lachen hallte mir selbst auf der Heimfahrt
noch in meinen Ohren nach und erneut verfluchte
ich Surfer-Boy. Dann schnaubte ich freudlos auf -
sollte er es doch ansprechen, ich war ohnehin zur
lustlosen Jungfräulichkeit gezwungen.

8. Schwere Prüfungen

Seit zwei Stunden lag ich regungslos in meinem Bett und starrte an die Decke. Davor hatte ich es mir auf den Bauch gekuschelt bequem gemacht, doch diese Stellung war äußerst unpraktisch für eine enthaltsame arme Seele gewesen, deren protestierender Impuls lieber nicht weiter stimuliert werden sollte. Also lag ich nun scheintot auf meinem Rücken, hatte festgestellt, dass meine Zimmerdecke dringend einen neuen Anstrich benötigen könnte, und zwang mich zur völligen Bewegungslosigkeit.

Zwei Wochen der Selbstkasteiung waren seit dem letzten Clubbesuch vorüber. Vierzehn endlose Tage hatte ich geschafft, doch ebenso viele lagen noch vor mir. Noch nie war mir etwas so dermaßen schwer gefallen. Ich war mir sicher, dass alles nur halb so schlimm gewesen wäre, wenn mich die letzte Begegnung nicht so unheimlich heißgemacht hätte. Meine Libido war ja quasi kurz vor dem Explodieren einfach vor die Tür gesetzt und in eine Folterkammer gesperrt worden. Dort saß sie nun fest, ohne Linderung oder Befriedigung und sie machte mich wahnsinnig. Jede Minute bettelte sie mich an, winselte um Gnade, zog mich immer wieder zu meinem begehbaren Kleiderschrank, in dem ich all die Spaßmacher aufbewahrte, die mir stets so wundervolle Dienste geleistet hatten. Ich wehrte mich jedoch tapfer, kämpfte verbissen gegen sie an und hatte jeden quälenden Zweikampf bisher für mich entscheiden können.

In der Selbsthilfegruppe Anfang der Woche hatten Erics Blicke mich richtiggehend verhöhnt, als wüsste er genau, welche Qualen ich gerade durchleiden musste. Oh das würde er alles eines Tages zurückbekommen.

Das Läuten meines Haustelefons riss mich aus meiner Agonie und ich verdrehte genervt die Augen. Seit einer Stunde versuchte es immer wieder jemand im Viertelstundentakt, doch ich hatte mich schlichtweg geweigert, die Sicherheit meines Bettes zu verlassen, auf dem ich breitbeinig ausgestreckt lag. Dann vibrierte mein Handy plötzlich. Ich fluchte innerlich, doch da ich es direkt auf meinem Nachttisch deponiert hatte, fischte ich es umständlich zu mir. Jenny hatte mir geschrieben. Ich seufzte unglücklich und in meiner Hektik, ihre Nachricht zu lesen, vertippte ich mich zwei Mal bei der Eingabe der PIN-Nummer. Das würde mir gerade noch fehlen, mein Handy zu sperren, weil ich keine Ahnung hatte, wo der Super-PIN sich befand.

»Süße, alles ok? Versuche es seit einer Stunde - WO BIST DU?«

Ich schmunzelte über Jennys Nachricht und tippte zurück: *»Liege sterbend auf dem Bett. Fürchte es geht bald zu Ende. Bitte sorge dafür, dass sie auf meiner Beerdigung »House of the rising Sun« spielen. Love U.«*

»*Doofe Nuss. Hab mir Sorgen gemacht*«, kam es sofort zurück, grinsend sah ich ihren missmutigen Gesichtsausdruck fast vor mir.

»*Ich leide. Nicht witzig.*«

»*Lex ich würde dich ja gerne von deinem Leiden erlösen, aber das ist ein wenig zu prekär. Wenn Rick das raus bekommt, will er nur zusehen und einen Film drehen, das ist sein großer Traum, vielleicht geht dann endlich mal wieder was :P.*«

»*Sehr witzig.*«

»*Ernsthaft, schon mal über eine Youtube-Karriere nachgedacht? Wir könnten uns den Reichtum teilen und Rick würde nie etwas erfahren *g*.*«

Ich schüttelte lachend den Kopf. Jenny mit ihren Smileys und dem Zeug. »*Tolle Freundin, erzähl mir ruhig mehr von Dreiern hmpf.*«

»*Sorry stimmt ja. Also der Typ mit dem Augenbindenfetisch hat gesagt, du darfst kein Spielzeug benutzen?*«

»*Ja?*« Irritiert sah ich auf mein Display. Das Gespräch hatten wir doch schon, wurde Jenny etwa vergesslich?

»*Na denn ist doch alles gut. Machs dir mit der Hand Lex :)*«

»*Hä?*«

»*Na er hat nur gesagt, dass du deine kleinen summenden Freunde nicht benutzen darfst, von deinen Fingerchen hat er nicht gesprochen, oder?*«

Oh Gott. Jenny hatte Recht, sie hatte das perfekte Schlupfloch gefunden.

»OMG du bist brilliant. Bin weg. Muss fummeln«, tippte ich eilig ein und wartete nicht einmal mehr ihre Antwort ab. So schnell ich konnte, war ich ins Bad gerannt, wo ich mir ein heißes, fantastisch duftendes Schaumbad einließ.

Wohlig schmiegte ich mich in die Wärme, die mich sanft Willkommen hieß und genoss das selige Schweben meines Geistes. Ich war quasi tiefenentspannt, wofür sicherlich auch die Kerzen und Räucherstäbchen beigetragen hatten, die ich im Bad verteilt hatte. Sogar ein Glas meines Lieblings-Rotweines hatte ich neben mich gestellt und im Hintergrund lief leise Musik. Eigentlich hätte ich keinen solch großen Aufwand betreiben müssen, im Grunde würde eine kurze Berührung ausreichen, um mich zu erlösen, doch ich hatte so furchtbar lange darauf warten müssen, das musste ich zelebrieren.
Mein Kopf lag weich gebettet auf einem flauschigen Handtuch, ich hatte die Wanne randvoll laufen lassen und die herrlich duftenden Schwaden sammelten sich in dem kleinen Raum.
Genießerisch schloss ich die Augen, ließ mich von der Stimmung und den Gerüchen treiben und meiner Hand freien Lauf. Langsam fuhren meine Finger die Kuhle zwischen meinen Brüsten entlang, deren abstehende Knospen knapp aus dem Wasser ragten. Ganz zart strich ich an ihnen entlang, umkreiste und neckte sie, jedoch ohne es zu übertrei-

ben, zwischen meinen Beinen pochte es unnachgiebig, ich brauchte keinen weiteren Ansporn mehr.

Mein Puls beschleunigte sich, als meine Hand in das heiße Wasser eintauchte und tiefer glitt und ich keuchte voller Vorfreude auf. Mit zitternden Fingern fuhr ich über meinen Wonneknopf, *endlich*. Die Heftigkeit, mit welcher er auf diese Berührung reagierte, ließ mich aufstöhnen und den Rücken durchbiegen. All die angestaute Lust fuhr durch mich hindurch, in jede Faser und jede Zelle meines Körpers, nahm Besitz von ihm, wollte ihn mit Haut und Haaren verschlingen. Ich wollte nur noch eines - die absolute Befriedigung, und ich würde sie endlich bekommen. Mein Stöhnen übertönte in der Zwischenzeit die leise Hintergrundmusik, doch das war mir völlig egal. Ich war scharf und ich würde jeden Augenblick kommen. Nur noch ein klein wenig, gleich ...

Wenn ich mitbekomme, dass du meinen Anweisungen nicht gefolgt bist, dann wird das neuerliche Konsequenzen haben.

Erschrocken riss ich die Augen auf und hielt inne. Was war das denn jetzt gewesen? Frustriert keuchte ich einen Fluch und versuchte, mich erneut zu konzentrieren und in die richtige Stimmung zu bringen. Die kreisenden Bewegungen meiner Finger lösten bald erneut wohlige Schauer in mir aus und nach kurzer Zeit befand ich mich wieder im Tal der Seligkeit, von wo aus ich in raschen Schritten den Gipfel erklomm. Oh man, das fühlte sich zu gut an, um wahr zu sein. Nur noch ein kleines bisschen ...

Neuerliche Konsequenzen Lexi, hörte ich die vorwurfsvolle Stimme abermals in meinem Geiste sprechen.

»Scheiße was soll das denn jetzt?«, schimpfte ich verärgert darüber, dass mich dieser Mistkerl selbst dann von meinem Orgasmus fernhielt, wenn er nicht anwesend war.

Noch zwei weitere Male versuchte ich verzweifelt an diesen herrlichen inneren Ort der Wonnen zurückzukehren, doch vergeblich. Es war mir nicht mehr möglich, ihn und seine mahnende Worte aus meinem Kopf zu vertreiben und mich genug fallen zu lassen. Meine Stimmung war am Tiefpunkt und meine Libido verhöhnte mich. Völlig verärgert stieg ich aus der Wanne und ließ das Wasser ab. Nicht einmal mehr ein verlockendes Schaumbad konnte meine Laune anheben.

Nachdem ich mich wieder angezogen hatte, schmiss ich mich den Tränen nahe aufs Bett, griff nach meinem Handy und schickte eine SMS an Jenny: *»Scheiß Idee.«*

Ich nahm dieselbe Position ein, wie vor einer Stunde, starrte reglos an die Decke und zerfloss in Selbstmitleid. Mein Telefon, das ich noch immer in der Hand hielt, vibrierte, als Jenny mir zurückschrieb: *»Definiere?«*

Ich schnaubte missmutig. *»Bin wie Jesus, darf keine Erlösung finden.«*

»*Ich glaube nicht, dass an ein Kreuz genagelt werden, Erlösung bedeutet?*«

»*Hauptsache genagelt, ist doch egal*«, schrieb ich mit einem kleinen Lächeln im Gesicht zurück. Ich wusste, dass sie mich am Montag im Büro dafür steinigen würde, denn sie war ziemlich gläubig, aber das war mir im Moment egal.

»*Sehr witzig. Und was gedenkst du jetzt zu tun?*«

»*Weiter sterben. Kann nicht mehr lange dauern. Denk an den Song, bb.*«

»*Doofe Nuss. Viel Spaß beim Sterben. CU Montag :*«

Ich seufzte theatralisch und überlegte, mein Bett gegen das Sofa einzutauschen, doch das würde bedeuten, dass ich aufstehen musste. Auf der anderen Seite hatte ich im Schlafzimmer keinen Fernseher. Immer diese Dilemmas. Ich verzog meinen Mund und quälte mich vom Bett herunter. Heute war Samstag, somit bestand die kleine Möglichkeit, dass das Fernsehprogramm etwas hergeben könnte. Während ich in mein Wohnzimmer schlurfte, bedauerte ich mich zutiefst und machte einen Umweg über die Küche, wo der angebrochene Rotwein mich anlächelte. *Hallo Abend, du bist gerettet.*

9· Süße Befreiung

Selbstredend brauche ich wohl nicht zu erwähnen, dass der restliche, vermasselte Sonntag absolut ätzend gewesen war. Aber irgendwie hatte ich ihn hinter mich gebracht und abends tatsächlich angefangen, ab diesem Zeitpunkt die überstandenen Tage mit einem dicken, roten Edding auszukreuzen.

Den Montagmorgen hatte ich damit verbracht, mich in meine Arbeit zu werfen, doch diese Ablenkung hatte nur bedingt geholfen, also war ich gegen zehn Uhr wieder unter einem Vorwand zu Jenny verschwunden und hoffte, dass es nicht langsam auffällig wurde.

Da der Gemeinschaftsraum zur Frühstückszeit mit Mitarbeitern überfüllt war, hatte sie uns schließlich in eine momentan verwaiste Ecke des Großraumbüros gezogen, dort wo der Gemeinschaftsdrucker stand.

»Wie ich sehe, brauche ich mich wohl doch nicht so schnell um deine Beerdigung kümmern«, grinste sie mich an, als wir uns vergewissert hatten, dass wir nicht wieder ungebetene Zuhörer haben würden.

»Sehr witzig. Ich schwöre dir, ich bin jetzt schon dem Wahnsinn nahe, wie soll ich das nur weitere zwei Wochen aushalten?« Frustriert lehnte ich mich über den Drucker und ließ meine Finger nachdenklich über das Eingabefeld gleiten.

»Lex, du musst dich endlich zusammenreißen. Das ist ja nicht zum Aushalten mit dir.«

»Aber -»

»Nein, nichts aber. Ich habe seit Monaten keinen Orgasmus mehr gehabt, und ich funktioniere trotzdem.« Anklagend sah sie mich an.

»Du könntest aber, wenn du wolltest«, erwiderte ich trotzig, woraufhin sie lachend den Kopf schüttelte.

»Ich verstehe nicht, warum es nicht klappt? Du scheinst ein schlechtes Gewissen zu haben, doch du würdest dich seinen Anweisungen ja nicht widersetzen, wenn du es dir mit der Hand machst?«

»Anscheinend haben sich seine Worte aber in meine Hirnwindungen eingebrannt«, gab ich mürrisch zurück.

»Dann brauchst du jetzt wohl ein Hobby, das dich neben deiner Arbeit so in Anspruch nimmt, dass du keine Zeit mehr für schlüpfrige Gedanken hast.«

»Ein Hobby?« Ich verzog den Mund, denn ich sah mich schon abends irgendwelche Holzschiffchen zusammenkleben oder etwas in der Art.

»Jetzt stell dich nicht so an, Ablenkung heißt das Zauberwort.«

»Und was könnte deiner Meinung nach in Frage -», ich unterbrach meine Antwort abrupt, als mich ein Rascheln hinter uns aus dem Konzept gebracht hatte. Sogleich schnellten unsere Köpfe zu der Geräuschquelle, doch auch als wir um die Ecke nachsehen gingen, hatten wir niemanden entdecken können. Trotzdem blieb dieses eigenartige Gefühl, erneut belauscht worden zu sein. Ich blickte Jenny an und sah, dass auch sie nachdenklich ihre Stirn gerunzelt hatte. Also litt ich augenscheinlich nicht unter Verfolgungswahn. Sie tippte sich unablässig mit dem Zeigefinger an ihr Kinn, während sie grübelte.

»Lex, ich glaube, wir vertagen das auf später in die Kantine. Mir scheint, als hätte dieses Büro seine Augen und Ohren überall.

Ich stimmte ihr zu und ging nachdenklich in meine Etage zurück. Mein Leben steuerte auf einen katastrophalen Kurs zu, wann war das geschehen? Noch vor nicht allzu langer Zeit war alles normal gewesen, bis ich entschlossen hatte diese Selbsthilfegruppe zu besuchen, in der alles seinen Anfang genommen hatte. Stöhnend schmiss ich mich auf meinen Schreibtischstuhl. Die Gruppe erwartete mich am nächsten Tag wieder. Vielleicht sollte ich mir wirklich ein Hobby suchen. Fallschirmspringen oder Raubtierdressur zum Beispiel, zumindest wären hier die Chancen höher, mich irgendwann aus meinem persönlichen Armageddon davonzustehlen.

*

»Lexi, Sie sehen wirklich grauenhaft aus, geht es Ihnen nicht gut?«

Mit zusammengekniffenen Augen funkelte ich Eric an. Dieser scheinheilige Kerl besaß wirklich die

Frechheit, sich über mich lustig zu machen. Viel schlimmer war jedoch die Vorstellung, dass er hinter all dem stecken könnte. So sexy ich ihn auch finden mochte, so unsympathisch war er mir trotz allem. Beim besten Willen konnte - oder wollte ich nicht darüber nachdenken, dass es seine Hände gewesen waren, die meine Haut verbrannt hatten.

»Ich habe vorher mit Jacob gesprochen, wir werden heute das Tabuthema Selbstbefriedigung diskutieren«, grinste er mich an. Ich schob meine Hand langsam hinter mich auf den Rücken, da meine Finger gefährlich zu jucken begonnen hatten. Wenn ich ihm seine Nase brechen würde, wäre das sicherlich nicht von Vorteil für mich.

»Sie sagen ja gar nichts? Habe ich da etwa ein sensibles Thema angeschnitten?« Mit einem selbstzufriedenen Lächeln ging er zu seinem Stuhl und nahm Platz. Während ich tief durchatmete und mich zur Ruhe zwang, stellte ich fest, dass zu allem Überfluss der letzte freie Platz direkt neben Raul war.

»And I don´t want to miss a thing«, fing ich leise an zu singen, während ich mich zu meinem Stuhl begab, wo Raul mich auf Grund des Gesangs irritiert ansah.

»Alles gut«, murmelte ich. »Wenn ich ihn mit dem Auto erwischen und es wie einen Unfall aussehen lassen würde ...«, überlegte ich laut, was ein Fehler war, nach Rauls ratlosem Blick nach zu urteilen.

»Nicht wichtig, scheinbar bekommt mir das Zölibat nicht sehr.« Erneut musterte ich ihn und aus der

Nähe sah er noch fantastischer aus. Großer Gott, Libido, ich verfluche dich. »Wissen Sie, es ist nicht gerade förderlich, wenn jemand wie Sie sich in so einer Gruppe befindet«, grummelte ich mitleidig, und als Raul sich von mir abwandte, hätte ich schwören können, ihn lächeln zu sehen. Ein lautes Husten riss mich aus meinen Gedanken und ließ mich aufsehen. Eric hielt sich den Bauch vor Lachen, nachdem er mein Selbstgespräch offensichtlich verfolgt hatte. Ich schloss die Augen und atmete tief durch. Ganz ruhig Lexi, alles wird gut.

Ein inszenierter Unfall sollte kein Problem darstellen. Ich könnte behaupten, mir wäre plötzlich schwindelig geworden? Ja, das klang nach einem Plan. Kopfschüttelnd lachte ich über mich selbst. Wenn nur diese elendigen zwei Wochen endlich vorüber wären, ich war mir sicher, dass mein Kopf wieder problemlos funktionieren würde, sobald meine Libido in den Zustand himmlischer Befriedigung versetzt worden war.

*

Ich hatte es kaum noch für möglich gehalten, doch ich hatte es überstanden. Physisch sowie psychisch war ich schwer angeschlagen, doch das Warten war vorbei. Ich war ein nervliches Wrack, aber ich hatte es geschafft. Schon den ganzen Nachmittag war ich ausgelassen vor Freude durch meine Wohnung gehüpft, hatte die Musik laut aufgedreht und mich von einer schweren Last befreit gefühlt. Die wenigen Stunden bis zum Treffen würde ich mit Links schaffen, denn die waren nichts im Vergleich zu der Ewigkeit, die hinter mir lag.

So hatte ich die restliche Zeit mit einem ausgiebigen Schaumbad verbracht, meinen Körper und meine Haut mit einem Peeling und diversen Cremes verwöhnt, so dass ich nun geschmeidig, wohlduftend, gestriegelt und gestylt vor meinem Spiegel stand, in welchem ich das heutige Präsent meines Gönners betrachtete. Mein Herz hämmerte wild gegen meine Brust, denn dieses Kleid war alles andere als züchtig und hochgeschlossen, wie beim letzten Mal. Dieses teure Stück Stoff war pure Sünde und versprach die lang herbeigesehnte Erleichterung.

Aufgeregt sah ich auf mein Spiegelbild. Das weiße rückenfreie Neckholder-Kleid saß hauteng auf meinem Körper und fiel erst an meiner Hüfte weiter aus, endete dieses Mal aber in einem Traum aus Spitze knapp über meinen Knien. Was mir jedoch den Atem raubte, war der raffinierte und absolut sexy Ausschnitt, den es hatte. Er reichte bis knapp unter meinen Bauchnabel und wurde unterhalb meiner Brüste von einer mit Brillanten besetzten Brosche zusammengehalten, die gerade noch dafür sorgte, dass nichts verrutschte.

Ich kam mir herrlich verrucht und unheimlich begehrenswert vor, wofür ich mich sogar ein wenig schämte, doch das Gefühl eines solchen Kleides auf dem Körper war nun mal ein ganz anderes, als wenn ich Jeans und Sweatshirt trug. Ich genoss dieses Prickeln, heute besonders zu sein. Wie mir geheißen wurde, hatte ich auch gänzlich auf Unterwäsche verzichtet und die aufregende Vorfreude wogte angespannt zwischen meinen Beinen, wo meine Libido gerade in einen regelrechten Freudentaumel verfallen war. Meine lange Mähne hatte ich einfach offen gelassen, so dass sie sich leicht gelockt über meinen nackten Rücken ergoss. Ich zog den ebenfalls weißen Kaschmirmantel über und hätte angesichts eines solch wertvollen und wunderschönen Kleidungsstückes beinahe angefangen zu heulen. Zum Glück unterbrach mich die Klingel. *Endlich.*

Mit stoischer Miene und ausgestreckter Hand wartete Gerard darauf, dass ich ihm meinen Mantel gab, von dem ich mich nur schwer trennen konnte. Die gesamte Fahrt über hatte ich mich selig in ihn hineingekuschelt, doch nun war es Zeit, mir die Belohnung für meine Enthaltsamkeit zu holen. Zu wissen, dass ich erneut im Ballsaal würde ausharren müssen, bis ich zu ihm geholt wurde, machte mich nahezu wahnsinnig. Ich war endlich am Ziel meiner nicht jugendfreien Träume angekommen, doch der Gewinn war noch nicht greifbar.
Als ich den Raum betrat, flogen mir anerkennende aber vorwiegend lüsterne Blicke zu, und mit laut pochendem Herzen stellte ich fest, dass die Damen dieser Gesellschaft keineswegs ebenso knapp bekleidet waren, wie ich. Zwar trugen beide Geschlechter dieselbe Farbe, doch nur mein Kleid war

so offenherzig und knapp geschnitten, weswegen es sich deutlich von den anderen abhob. All die Blicke auf mir zu spüren machte mich deutlich nervöser, als ich es ohnehin schon war und für einen kurzen Augenblick wusste ich nicht, was ich tun sollte. So blieb ich einfach stehen und zwang meinen Körper, sich zu beruhigen, was angesichts meiner Aufregung nicht einfach war.

»Ich schätze, Sie könnten ein wenig Ablenkung gebrauchen?«, erklang eine tiefe Stimme dicht hinter mir. Ich drehte mich um und lächelte gezwungen.

»Eric, wie überaus schön, Sie zu sehen«, säuselte ich und liebäugelte bereits mit dem Buffet.

»Wenn Sie gestatten, Sie sehen heute einfach umwerfend aus, es ist schwierig, den Blick von solch einem formidablen Körper abzuwenden.«

Hatte er formidable gesagt? Der geheimnisvolle Fremde sprach doch auch hin und wieder französisch, wenn ich mich nicht irrte? Erneut musterte ich ihn. Man, Surfer-Boy war wirklich eine imposante Erscheinung und wahrscheinlich der feuchte Traum jeder Frau, soweit er eben den Mund hielt. Aber wenn ich ihm nahe war, dann gab es da nichts weiter. Vielleicht hatte ich unrecht, doch er fühlte sich *falsch* an.

»Ich werde das Gefühl nicht los, dass Sie mir zürnen?«

»Man soll sich immer auf sein Bauchgefühl verlassen«, antwortete ich ihm und schickte mich an, das Buffet unsicher zu machen. Ob sie wohl wieder diese leckeren Lachshäppchen da hatten?

»Könnten wir vielleicht für heute einen Waffenstillstand schließen?«, fragte er zuckersüß und ich sah ihn irritiert an.

»Ich wusste nicht, dass wir uns im Krieg befinden?«

»Touché.«

Er sah mich aus diesen hellen Augen an wie ein Hundebaby, wie hätte ich ihm da böse sein können? »Kommen Sie, wir plündern das Buffet«, sagte ich daher und zog ihn einfach mit mir.

Die folgende Stunde verlief unerwartet harmonisch, wenn sich Surfer-Boy nicht gerade benahm wie ein ungehobelter Klotz, war er tatsächlich überaus sympathisch. Verdammt. An diesem Abend waren weitaus mehr Männer und Frauen zu mir gekommen, um mich kennenzulernen und eine nette Unterhaltung zu führen. Auch um anzudeuten, dass sie alles andere als abgeneigt seien, wenn ich mich später zu ihnen gesellen würde. Hatte ich diesen Gedanken bei meinem ersten Besuch noch als prickelnd empfunden, so verspürte ich inzwischen einen regelrechten Widerwillen. Ich war mir nicht sicher, woher diese Unlust kam, denn die Männer und Frauen hier waren wirklich attraktiv und charmant. Zum ersten Mal überhaupt keimte jedoch kein Verlangen in mir auf jemanden zu spüren oder zu berühren - bis auf eine Person.

Diese Erkenntnis überraschte und entsetzte mich zugleich. Hatte die Selbsthilfegruppe sich etwa bis in mein Hirn durchgefressen und meine Libido lahmgelegt? Ich hätte mich bei dieser Horrorvorstellung fast verschluckt, doch in diesem Augenblick hörte ich hinter mir leise die erlösenden Worte: »Madame, bitte folgen Sie mir.«

Entschuldigend nickte ich Eric zu, der jedoch keinerlei Regung zeigte. Ich hatte gehofft, dass er sich vielleicht durch eine Emotion verraten würde, entweder, weil er wusste, wohin Gerard mich geleitete, oder, weil er erstaunt darüber war, dass ich fortgebracht wurde. Doch nicht das geringste Gefühl huschte über sein Gesicht.

»Bis bald Lexi«, sagte er und ich stöhnte innerlich über diese Aussage. *Bis bald* - in zwei Minuten oder *bis bald* - nächste Woche in der Gruppe? Himmel, dieser Kerl machte es mir wirklich nicht einfach. Ich zwang mich jedoch, diese Gedanken auf Morgen zu verdrängen, heute gab es Wichtigeres.

Im selben Moment, als die Stimme des Butlers mir verraten hatte, dass ich meinem unbekannten Gönner nach einer langen - wirklich furchtbar langen Zeit der Entbehrung endlich treffen würde, war mein Körper von einer heißen Sehnsucht erfasst worden, die leidenschaftlich durch meine Adern schoss und sich zwischen meinen Schenkeln ballte, wo es keinen Stoff gab, um sie aufzuhalten.

Nachdem Gerard mich in einem, wie ich annahm, leeren Raum zurückgelassen hatte, lauschte ich angespannt in die Stille der Finsternis hinein, die mich umgab, seitdem er mir wieder die Augenbinde angelegt hatte. Mein Herz hämmerte gegen meine Brust und in meinen Ohren rauschte mein Blut, angefacht durch die beständig wachsende Vorfreude und die Nervosität. Ich betete, dass ich ihn nicht erneut durch irgendetwas verärgert hatte.

Während ich auf ihn wartete, versuchte ich meine Atmung unter Kontrolle zu bekommen, ein leichtes Zittern hatte meinen Körper erfasst, der sich sichtlich nach seiner sexuellen Befreiung sehnte. Endlose Minuten schienen zu verstreichen, ohne dass etwas geschah, und ich begann, nervös an meinen Fingern zu spielen. Wollte er mich überhaupt sehen? Oder würde er mich hier einfach stehen lassen, bis der Butler mich wieder hinausgeleiten würde?

»Wartest du auf mich Lexi?«, erklang plötzlich seine kehlige Stimme, die mir durch Mark und Bein fuhr und mich zusammenzucken ließ.

»Ich habe dich nicht kommen hören.«

»Das wirst du noch, das verspreche ich dir«, erwiderte er heißer. Oh Gott, atmen Lexi, atmen!.

»Ich habe dich beobachtet, während du auf mich gewartet hast«, fuhr er fort und die Hitze in meinem Inneren drohte mich zu verzehren. Flüssiges Feuer schoss durch meine Venen und entzündete jede einzelne Nervenfaser, die ich zu bieten hatte. Nur mit Mühe unterdrückte ich ein Stöhnen und konnte es nicht fassen, dass er dazu imstande war, mich derart heiß zu machen, dabei hatte er mich nicht einmal berührt.

»Komm zu mir.«

Meine Beine wurden weich wie Wachs und ich versuchte, das Ziehen in meinem Unterleib zu ignorieren - vorerst. »Ich ..., ich kann nicht sehen, wo du bist«, sagte ich zaghaft, denn ich wusste nicht, wohin ich gehen sollte und wollte diesen sinnlichen Moment nicht ruinieren, weil ich gegen die Wand lief.

»Ich bin direkt vor dir.« Die Vibration seiner tiefen Stimme löste jegliche Angst in mir in Luft auf, sie nahm mich gefangen, hüllte mich ein und schürte die lodernden Flammen. Ohne einen weiteren Gedanken zu verschwenden, ging ich auf ihn zu, ich atmete flach und das Rauschen in meinen Ohren wuchs an.

»Stopp!« Abrupt hielt ich an und da spürte ich sie. Seine mächtige Präsenz, die mich gefangen nahm und mich schaudern ließ, wobei sich die Härchen an meinen Armen aufrichteten. Ein wohliges Prickeln fuhr langsam meinen Rücken hinab und gesellte sich zu dem Flächenbrand, welcher sich in meiner Mitte gebildet hatte. Langsam streckte ich meine Hände aus, mein Herz schlug schneller und meine Haut kribbelte, als sei die Luft statisch aufgeladen. Und dann berührte er mich, nahm meine Hände in seine und ich zuckte erneut zusammen, da die Energie zwischen uns sich in einem gewaltigen Stromschlag entlud.

Vielleicht lag es an der langen Enthaltsamkeit, vielleicht auch an dieser surrealen Situation, doch in diesem Moment öffnete sich etwas tief in mir und ich fühlte mich, als sei ich nach einer langen Reise endlich zu Hause angekommen.

Bevor ich etwas sagen konnte, hatte er mich auf sich gezogen, ich erschrak über die plötzliche Bewegung, denn ich hatte nicht erwartet, dass er saß. Unter meinen nackten Knien spürte ich weichen, anschmiegsamen Stoff und war mir sicher, dass wir uns auf einer der Chaiselongues befanden. Ich fühlte seine warmen Hände an meinen Wangen, als er mein Gesicht hielt und wieder strich er mit seinem Daumen über meine Lippen, wobei ich glaubte, ihn aufkeuchen zu hören. In diesem Moment hasste ich es, ihn nicht sehen zu können, doch ich wollte ihn zumindest ebenso berühren, ihn fühlen, aber als ich meine Hand anhob, legte er sie mir behutsam wieder auf meinen Schoß.

»Noch nicht«, raunte er, während seine Finger sich sanft an der wertvollen Brosche zu schaffen machten, welche meinen Wasserfallausschnitt zusammenhielt. Mit angehaltenem Atem hörte ich meinen lauten Herzschlag und das Tosen in meinen Ohren nur allzu deutlich. Die Berührung seiner Finger auf meiner Haut glich tausenden kleinen Nadelstichen und ließ mich schließlich doch aufstöhnen. Er schob den Stoff gerade so weit zu beiden Seiten, dass er meine Brüste frei legen konnte, wobei ich ihn tief Luft holen hörte.

»So wunderschön«, flüsterte er und im nächsten Moment spürte ich die kalte Berührung seiner Zunge auf meinen Knospen, die sich längst schon für ihn aufgerichtet hatten, sich regelrecht nach ihm sehnten. Ich bog meinen Rücken durch, meine

Finger wollten sich automatisch in sein Haar krallen, doch dies wurde mir nach wie vor verwehrt.

Ich fühlte seine Hände, die zwischenzeitlich an meiner Taille zu meinen Oberschenkeln hinabgeglitten waren und sich nun quälend langsam unter den Saum meines Kleides schoben. Verzweifelt hielt ich mich an seinem Hosenbund fest und wünschte mir sehnlichst, ihn aus dem feinen Stoff befreien zu dürfen, doch jeder kleine Vorstoß meinerseits wurde mit einem belustigten Schnalzen von ihm unterbrochen.

»Bist du etwa ungeduldig?« Er klang amüsiert, doch seine Finger, die indes weitergewandert waren und meinen wunden Punkt gefunden hatten, ließen mich jegliche Erwiderung vergessen. Seine Berührung setzte mich in Brand, ließ all die angestaute Lust und Begierde der letzten Wochen frei und gab mir, wonach ich mich verzweifelte verzehrt hatte.

»Wie ich sehe, hast du meinen Rat befolgt«, sagte er in Anspielung auf mein fehlendes Höschen. Ich nickte stumm und genoss den sanften Druck, der mich zum Beben brachte. Der Gedanke, dass er jede meiner Regungen genau beobachten konnte, während ich nicht einmal wusste, wie er aussah, spornte mich auf eine neue, unbekannte Art und Weise an und ließ mich immer schneller atmen. Das Feuer in mir war kurz davor, auszubrechen und raubte mir jegliche Kontrolle.

»Ich hoffe, du hast auch meinen anderen Rat befolgt und deine Spielsachen artig in der Kammer gelassen?« Seine kehlige Stimme brachte mich um den Verstand. Vielleicht auch seine geschickten Finger, mein Gehirn hatte sich verabschiedet, ich wusste nicht mehr wie mir geschah.

»Natürlich«, keuchte ich und wand mich unter seinen Berührungen. Jedes Mal, wenn er eine meiner Brüste verwöhnte, erhöhte er den Druck seiner Finger und ich krallte mich fester an ihn.

»Ich finde es heraus, wenn du mich anlügst, Lexi, vergiss das nie.« Es klang wie eine Drohung, doch er hatte diese Worte derart sinnlich ausgesprochen, dass sie sich in meinen Ohren anhörten, als sagte er etwas Schmutziges. Ich bog mich weiter zurück, präsentierte ihm meine bloßen Brüste, wand mich auf seinem Schoß und konnte all die angestaute Erregung kaum noch zurückhalten.

»Deine Verzückung lässt mich beinahe meine Manieren vergessen«, presste er mühsam hervor und ließ mich wissen, dass ihm gefiel, was er sah. Seine Finger verstärkten ihre süße Folter daraufhin und brachten die selige Belohnung. Ich kam mit einer solchen Intensität, dass mein gellender Schrei sicher noch im Ballsaal zu hören war. Beinahe hätte ich ihm sein, wie ich annahm, teures Hemd zerrissen, in welchem ich mich festgekrallt hatte, als ich über seinem Oberkörper zusammengesackt war. Während ich versuchte, den glückseligen Nebel aus meinem Gehirn zu vertreiben und gleichzeitig meine Atmung wieder unter Kontrolle zu bringen, glitten seine Finger durch meine feuchte Hitze und fachten die noch nicht erloschene Glut in mir von Neuem an.

»So wundervoll bereit«, stöhnte er in mein Haar. Meine Wange schmiegte sich an seine Brust und sein herber Duft hüllte mich ein, verführte mich, während er nicht aufhörte, mich sanft zu verwöhnen. Langsam richtete ich mich auf und wagte einen erneuten Vorstoß meiner Hände. Als er mich endlich gewähren ließ, fuhren meine Finger sogleich über sein Gesicht. Kurze, raue Bartstoppeln verliefen über markanten Wangenknochen und seine vollen Lippen mussten die pure Sünde sein. Mir war nicht bewusst gewesen, dass ich bei dieser Berührung aufgestöhnt hatte, bis ich ihn lachen hörte. Es lag definitiv nicht nur an seiner intimen Zuwendung, dass es mir heiß und kalt den Rücken hinunterlief, mein heimlicher Gönner schien verdammt sexy zu sein.

Diese Binde deprimierte mich unheimlich und ich wünschte, ich könnte in seine Augen sehen, darin lesen und seine Leidenschaft teilen. Stattdessen fuhren meine Finger über seinen muskulösen Oberkörper hinab, wo sie ungeduldig und etwas umständlich sein Hemd aufknöpften und den Himmel auf Erden fühlten. Ich lächelte versonnen, denn er verbrachte offensichtlich viel Zeit in Fitness-Clubs. So gerne ich jeden einzelnen Millimeter seiner straffen Haut kosten und verwöhnen wollte, ich hielt es nicht mehr länger aus. Endlich fühlte ich die pralle Ausbuchtung seiner Hose, nach der ich mich gesehnt hatte, und fing durch den Stoff an, ihn zu massieren.

»Ich will dich«, keuchte er unter meiner Berührung und seine kehlige Stimme ließ mich erschaudern. »Seit ich dich zum ersten Mal gesehen habe, dominierst du meine Gedanken.«

Seine Worte fachten mein Verlangen weiter an, so dass ich ihn fester umfasste, womit ich ihm ein gequältes Stöhnen entlockte. Ich dachte nicht mehr rational, hatte keine Kontrolle mehr über meinen Körper, meine Handlungen oder meine Gedanken. Mein ganzes Sein hatte sich auf einen einzigen Kosmos beschränkt: primitives Verlangen.

Ich hörte, wie er an seinem Gürtel nestelte, dann hob er mich kurz an und drehte mich um einhundertachtzig Grad, so dass ich nun mit dem Rücken zu ihm auf seinem Schoß saß. Der Saum meines Kleides war weit nach oben geschoben, es gab keinerlei Barriere mehr zwischen uns, nur noch Haut auf Haut. Ihn anzufassen, aber nicht zu sehen, lenkte meine Sinne in eine andere Richtung. Ich vernahm seine hektische Atmung, hörte, wie er scharf die Luft einsog, als ich seine Erektion nun ohne störenden Stoff zwischen meinen Beinen hindurch umfasste.

Plötzlich spürte ich, wie er den Knoten meiner Augenbinde löste.

»Sieh nur nach vorn«, keuchte er und nahm sie mir langsam ab. Das Bild, welches sich mir bot, war mir bekannt, dennoch faszinierte es mich. Staunend sah ich durch den Spiegel hindurch auf die sich windenden und zuckenden Leiber, die sich allesamt auf dem Gipfel der Lust befanden. Ich war derart abgelenkt, dass ich sogar in meiner Bewegung innehielt und für einen kurzen Moment nur Augen für das Geschehen vor mir hatte.

Gierige Lippen, die saugten und leckten, Münder, die stöhnend zwischen den Beinen williger Mitglieder verschwanden oder sich zu innigen Küssen verbanden. Ich sah nackte Haut, die an vielen Stellen nass und feucht glänzte, dort, wo sie mit dem Erzeugnis unbändiger Leidenschaft bedeckt worden war. Fasziniert verfolgte ich die Hingabe der Frauen und Männer, welche sie sich gegenseitig schenkten, während sie ineinander tauchten und glitten, sich ausfüllten und in höchster Ekstase an den Rand der Lust trieben.

»Gefällt dir, was du siehst?«, fragte er mich provokant, während seine Finger meinen nackten Rücken empor strichen und mir eine Gänsehaut bescherten, nur um kurz darauf nach vorne zu gleiten, wo sie meine Brüste umfingen und sie sanft kneteten. Immer wieder neckte er meine Brustwarzen, verwöhnte sie mit sanftem Umkreisen, nur um sie gleich danach herausfordernd zu kneifen.

»Ja«, keuchte ich, denn zu mehr war ich nicht fähig. Meine Sinne waren gefangen in einem Feuerwerk aus Empfindungen, das mir stetige Schauer durch meinen Körper jagte. Das Wissen, das ich mich nur umdrehen musste, und ihn endlich würde sehen können, spornte mich zusätzlich an, doch ich wagte es nicht. Ich hatte Angst, den Zauber zu brechen, der zwischen uns herrschte. Wenn ich bei ihm war, bestand meine Welt aus Dunkelheit und nie gekannten Empfindungen, aus fremder Hingabe, bedingungslosem Vertrauen und ... Zuneigung. Es erstaunte mich selbst, doch ich fühlte mich tatsächlich zu ihm hingezogen. Sein ganzes Wesen imponierte mir, vereinnahmte mich, schenkte mir etwas noch nie Dagewesenes. Tief in mir spürte ich, dass es zu früh war, dieses schwache Band, das uns auf eine gewisse Weise einte, auf die Probe zu stellen. Möglicherweise würde es alles kaputtmachen, wenn ich ihn jetzt sah, so ließ ich meinen Blick weiterhin durch das anregende Treiben vor mir schweifen und ertappte mich erneut dabei, heimlich nach Surfer-Boy zu suchen. Auch dieses Mal konnte ich ihn nicht sehen und fragte mich wiederholt, ob es seine Hände waren, die mich in diesem Augenblick verwöhnten. Die Vorstellung fiel mir schwer, denn wenn ich ehrlich zu mir selbst war, wünschte ich mir ein anderes Gesicht zu den Händen und Lippen, die mir die größte Wonne schenkten und die just in diesem Moment tiefer glitten.

»Du bist so exquisit und so wundervoll bereit für mich, ich will dich«, raunte er in mein Ohr und japste angestrengt nach Luft. Meine Hand, die ihre sanfte Massage in der Zwischenzeit wieder aufgenommen hatte, wurde sachte beiseitegeschoben. Dann hob er mich etwas an, so dass ich nun auf seinen Oberschenkeln saß. Irritiert wusste ich nicht, weshalb, doch dann vernahm ich ein mir bekanntes Geräusch und lächelte. Mein vorbildlicher geheimnisvoller Fremder streifte sich ein Kondom über und abermals dankte ich den höheren Mächten für diese Perfektion an Männlichkeit. Ich nahm natürlich die Pille, doch wir waren uns dafür noch zu fremd und erleichtert schloss ich die Augen.

Und endlich gewährte er mir die ersehnte Gnade, er zog mich wieder zu sich, hob meine Hüften an und ließ mich seine Erregung an meinem pochenden Lustzentrum spüren. Keuchend positionierte er mich und glitt schließlich einer Folter gleich langsam in mich, füllte mich immer mehr aus und berührte mein Innerstes, wie es noch nie zuvor jemand getan hatte.

»Großer Gott«, hauchte ich, denn auf diese Reizüberflutung war ich nicht vorbereitet gewesen. Mein Herz hämmerte wild gegen meine Brust und ich bekam kaum noch Luft. Heiße Lava brandete durch mich hindurch und raubte mir den Verstand. Als er sich zurückzog, um sogleich wieder in mich zu stoßen, schrie ich auf und ließ mich nach vorn fallen, stütze mich auf seinen Knien ab, während mein Körper sich seinem Takt anpasste. Sein Atem ging stoßweise und streifte dabei die empfindliche Haut an meinem Rücken, welche die daraufhin folgenden Schauer direkt zwischen meine Beine sandte.

Mit jedem Mal, das er mich ausfüllte, wuchs die süße Marter, welcher er mich aussetzte, an und drohte mich vollständig zu vernichten. Seine Hände folgten jedem Stoß und zogen meine Hüften zu sich, schenkten ihm dieselbe alles vernichtende

Lust und trieben uns gemeinsam an den Rand des Abgrundes. Ein feiner Schweißfilm klebte an meinem Körper, der vollständig von einer Gänsehaut überzogen war, verursacht von den zarten Küssen, die er indessen auf meinen Rücken hauchte. Die Sanftheit stand in völligem Kontrast zu seinem aufgewühlten Verlangen.

Mein Innerstes stand lichterloh in Flammen, ich war rettungslos verloren und befand mich in einem beispiellosen Rausch, der mich alles um mich hatte vergessen lassen. Mein Blick glitt durch die Menschen auf der anderen Seite des Spiegels hindurch, ohne zu erfassen, was sie taten. Ich war gefangen in meiner Lust, gelähmt vor Verlangen und sehnte mich nach Befriedigung, auch wenn dieser einzigartige Moment dann vorüber sein würde.

Plötzlich krallten sich seine Hände in meine Hüften, er zitterte unablässig, wonach er sein Tempo noch einmal beschleunigte. Ich konnte spüren, dass sein Körper ebenso um die absolute Befriedigung bettelte, wie meiner, schließlich tauchte er ein letztes Mal in mich und dann explodierten meine Sinne in einem infernalischen Feuerwerk. Mein gellender Schrei ging in seinem unter, er hielt mich fest umschlungen und genoss stöhnend die letzten, sanften Kontraktionen, die uns gemächlich wieder in diese Welt zurückholten.

Ich kostete das abebbende Nachbeben in vollen Zügen aus und ließ mich schließlich ermattet gegen seine Brust fallen. Seine Arme schmiegten sich um mich, hielten mich fest, als hätte er Angst, dass ich innerhalb eines Wimpernschlages würde verschwunden sein. Diese Vorstellung gefiel mir, auch wenn sie eher meinem Wunschtraum entsprang und irgendwo in meinem ermatteten Gehirn regte sich der leise Gedanke, dass ich mich zum ersten Mal vollkommen fühlte.

»Du bist mehr, als ich es mir je zu träumen gewagt hätte«, flüsterte er und ich war froh, dass er mein verträumtes Lächeln nicht sehen konnte. Ich wurde das Gefühl nicht mehr los, dass an diesem Abend, in dieser Nacht etwas Elementares mit mir geschehen war, und ich freute mich auf die kommenden Wochen, in denen ich herausfinden würde, was. Für heute jedoch war es genug, selbst meine Libido, diese Verräterin, schwieg. Sie war wunschlos glücklich. Wir beide waren es, und es war das erste Mal, dass wir uns einig waren.

10· Was ist Glück?

Als ich an diesem Montagmorgen zu Jenny ins Büro schlenderte, hatte ich das dümmliche Grinsen, das mich die letzten zwei Tage begleitet hatte, noch nicht aus dem Gesicht bekommen. Ich hatte ihr kurz zuvor eine Nachricht geschickt, und nun erwartete sie mich besorgt. Wahrscheinlich ging sie wieder von katastrophalen Neuigkeiten aus, doch sobald sie mich sah, atmete sie erleichtert aus.

»Lex Himmel nochmal, ich konnte dich gestern nicht erreichen und bin vom Schlimmsten ausgegangen und jetzt sieh dich einer an, du grinst wie ein Honigkuchenpferd.« Sie beugte sich zu mir, sah mich von oben bis unten an und blickte mir direkt in die Augen. »Du hattest Sex. Ich seh das doch.«

Die Situation war zu komisch, so dass ich mein Lachen nur mit Mühe unterdrücken konnte.

»Gemeinschaftsraum. Du und ich. Jetzt!«, herrschte sie mich an und schon war ich in ihrem festen Griff gefangen, in dem sie mich hinter sich herzerrte.

Als wir dort ankamen, waren wir jedoch nicht allein. Eine ihrer Kolleginnen schenkte sich gerade einen Kaffee aus dieser herrlichsten aller Erfindungen ein, welcher ich einen sehnsuchtsvollen Blick schenkte. Der Kaffeemaschine selbstredend. Ungebetene Zuhörer konnte ich für meine heikle Geschichte nicht gebrauchen und dachte gerade angestrengt darüber nach, wie ich Jenny von dem letzten Clubbesuch erzählen konnte, ohne dass ihre Kollegin dies anschließend in der ganzen Firma verbreitete, da kam mir meine Freundin zur Hilfe.

»Maurer, was haben Sie hier zu suchen? Der Chef wartet auf das ausgearbeitete Angebot, er sucht Sie schon lange und ist bereits mittelrot angelaufen«, bläffte sie die arme Kollegin an, die daraufhin aschfahl wurde und wie ein geölter Blitz auf ihren schicken High Heels aus dem Raum rannte. Neidisch sah ich ihr hinterher und nickte anerkennend darüber, dass sie nicht einmal strauchelte. Bei diesen Absätzen würde ich allein bei dem Versuch sie anzuziehen in der Notaufnahme landen.

»So, wir sind unter uns - leg los«, sagte Jenny aufgeregt und rieb sich voller Vorfreude die Hände.

»War das jetzt nicht ein wenig gemein?«, wollte ich mein schlechtes Gewissen beruhigen.

»Ach was. Die Alte würde ihre Seele hergeben, wenn sie beim Chef dadurch mehr punkten könnte. Die wird die nächste halbe Stunde mit hysterischer Schnappatmung in ihrem Büro verbringen, geschieht ihr Recht. Jetzt spann mich nicht länger auf die Folter, ich brauche Sex.« Sie grinste mich so freudig an, dass ich den kleinen Stich zu ignorieren versuchte, den ich immer dann verspürte, wenn mir Jennys klägliche Situation leidtat. Sie behauptete stets Rick zu lieben, doch sie kam mir nicht glücklich vor.

Ihr anklagendes Klatschen schreckte mich aus meinen Gedanken auf, also holte ich tief Luft und erzählte ihr jedes Detail, angefangen bei dem sündigen Kleid, über den kleinen Waffenstillstand mit Eric, bis hin zu dem besten Sex, den ich jemals gehabt hatte. Allein der Gedanke an seine Berührungen löste ein erneutes Kribbeln in mir aus, und wenn ich die Augen schloss, fühlte ich die körperliche Verbundenheit, als würde ich noch immer auf seinem Schoß sitzen. Frustriert seufzte ich auf und schüttelte bei Jennys Anblick den Kopf. Sie hatte sich zurückgelehnt und sah so losgelöst aus, als hätte sie gerade einen wahnsinnig tollen Orgasmus gehabt.

»Du meine Güte, dafür hat sich die vorübergehende Enthaltsamkeit aber wirklich gelohnt. Jetzt könnte ich eine Zigarette gebrauchen.«

»Du rauchst doch gar nicht?« Irritiert sah ich sie an.

»Wen interessieren solche Haarspaltereien in Momenten wie diesen schon«, gab sie zurück und ich stimmte in ihr Lachen ein.

»Und was nun? Ist deine Spielwiese noch geschlossen?«

»Ich weiß es nicht, zu diesem Thema hat er nichts gesagt.« Nachdenklich spielte ich mit einem losen Faden, den irgendwer auf der Sitzecke verloren hatte. »Aber ich denke, dass ich mich weiterhin daran halten werde.« Als Jenny mich entsetzt ansah, ergänzte ich: »Diese ganze angestaute Lust und Erregung, die sich in den vier Wochen zwischen den Clubbesuchen ansammelt, ist enorm. Ohne die Chance, den Druck selbst von mir zu nehmen, bin ich regelrecht explodiert. Wenn nur er mich anfassen darf, sonst niemand, kein Plastik-

freund, keine Finger, nur er, das ist unbeschreiblich.«

Während ich sprach, lechzte meine Libido wieder
nach dem geheimnisvollen Fremden und ich versuchte krampfhaft, an dem flauschigen Gefühl fest-
zuhalten, das mich seit zwei Tagen beherrschte. Eines, das mir neu war und das ich voller Vergnügen
auskostete: völlige Zufriedenheit. Nie hatte ich
mich nach einem sexuellen Abenteuer derart befreit und ausgeglichen gefühlt.

»Wow, du hast keine Ahnung, wie sehr ich dich be-
neide«, schniefte Jenny in das weiche Polster hinein. Ich lehnte mich zu ihr und nahm ihre Hand in
meine. »Habt ihr euch mal überlegt, mit einem Arzt
über euer Problem zu sprechen?«, setzte ich vorsichtig an, doch wie jedes Mal ging sie nicht darauf
ein.

»Damit ich am Ende in so einer Psychogruppe lan-
de wie du? Nein danke.«

»Tut mir leid Jenny, du weißt, ich meine es nur
gut«, gab ich zerknirscht zurück. »Apropos Psychogruppe, meinst du, es klappt dieses Mal, dass du
mich abholst?«

»Auf jeden Fall. Ich lass mir doch dieses Schnitt-
chen nicht entgehen«, grinste sie.

»Welches von den beiden meinst du?«

»Schäm dich Lex, du altes Luder«, presste sie hervor, dann konnten wir uns nicht mehr beherrschen
und prusteten los. Ich war so damit beschäftigt gewesen, mir die Lachtränen aus den Augen zu wi-
schen, dass ich den Schatten, der am anderen Ende

des Raumes aus der zweiten Tür heraushuschte, nur flüchtig wahrgenommen hatte.

*

»Versuch heute niemanden zu beleidigen oder zu schlagen *g*.« Grinsend las ich Jennys SMS, während es mal wieder Selbsthilfegruppenzeit war und ich einen Platz zum Sitzen suchte. Der Raum mit den anderen Mitgliedern füllte sich nach und nach, solange ich mit meinem Handy beschäftigt war. Sie hatte gut Reden, schließlich musste sie sich diesen Psychoterror nicht antun. Gut, theoretisch *musste* ich das auch nicht, ich wollte es. Warum auch immer. Man, ich hatte echt einen an der Waffel.

»Sie scheinen heute außerordentlich guter Laune zu sein? Ich könnte mir vorstellen, dass diese mit einem geheimnisvollen Club zu tun haben könnte?«, zwinkerte Eric mir zu, als er zu dem nächsten freien Platz ging. Ich sah ihm sprachlos nach und kam nicht umhin festzustellen, dass er einen wirklich wohlgeformten Hintern hatte, der in seiner engen Jeans bestens zur Geltung kam. Im selben Moment, wie ich mich beim Spannen ertappte, fragte ich mich entsetzt, was ich da eigentlich tat, doch sollte Eric der Clubbesitzer sein, musste ich schließlich auf alles vorbereitet sein.

Auch wenn es sich anbieten würde, doch es war mir bis jetzt nicht möglich gewesen, ihn anhand seiner Stimme zu identifizieren. Die Selbsthilfegruppe und der Club waren zwei völlig unterschiedliche Situationen, in denen ich mich jeweils befand. Wenn ich dort war, dann stand ich unter Strom, meine Sinne verloren sich im Chaos, jede Nervenfaser brannte. Die wenigen Worte, die *er* zu mir gesprochen hatte, waren im seligen Nichts untergegangen, wenn auch nicht deren Bedeutung. Ich hätte jedoch nicht mit Sicherheit sagen können, ob Eric es war. Die Nüchternheit dieser Gruppe hier stand in völligem Kontrast zu meinem kleinen Geheimnis. Und sowohl seine als auch die Stimme des geheimnisvollen Fremden klangen tief. Es könnte ein und dieselbe sein.

Angestrengt versuchte ich, in diesem Gefühlschaos den Überblick zu behalten, wobei ich versehentlich noch immer auf Erics Hintern starrte, da wurde ich plötzlich unschön angerempelt.

»Autsch«, schimpfte ich verärgert, doch als ich zu dem Übeltäter aufblickte, verschluckte ich mich fast. Dunkle Augen, die gleichermaßen Sünde wie Leidenschaft versprachen, sahen mich entschuldigend an und ich vergaß, was ich noch hatte sagen wollen. Raul, der versehentlich gegen mich gelaufen und bei der Berührung ebenso zusammengezuckt war, wie ich, hob beschwichtigend die Hände, während er mir ein Lächeln schenkte, das mich schmelzen ließ wie Eis in der Sonne. Verflucht seist du Libido, schmore in der Hölle.

»Nichts passiert«, wiegelte ich ab und ging völlig in meinen Gedanken versunken zum nächsten freien Platz. Der Zusammenstoß hatte mich durcheinandergebracht und ich versuchte nun krampfhaft herauszufinden, woran das lag. Erst starrte ich auf Erics Hintern und dann schmachtete ich Raul an. Prima, Teenagerzeiten - willkommen zurück. Ich atmete tief durch und suchte meine innere Ruhe. Vergeblich. Nun gut, wenigstens konnte es nicht noch schlimmer kommen.

»Meine Schäfchen, ich begrüße euch von Herzen«, zerbrach Jacobs nasaler Singsang meine Illusion eines normalen Lebens.

»Heute habe ich mir etwas Besonderes überlegt.« Aufgeregt klatschte er in die Hände und trippelte ungeschickt auf seinen Füßen herum. Ich ahnte Furchtbares.

»Um unsere Abstinenz und Seelenreinheit zu zelebrieren, werden wir heute basteln«, rief er hörbar aufgeregt in die Runde. Wie auf Kommando kamen zwei Halbwüchsige in den Raum, die jeweils einen großen Karton bei sich trugen, den sie grob auf die leeren Tische, die aufgereiht an der Wand standen, schmissen, bevor sie wieder aus dem Raum schlurften. Mir wurde schlecht.

»Dazu werden wir Zweiergruppen bilden«, fuhr er fort und im selben Moment hörte ich Sallys schrillen Schrei: »Williiiiii, hier bin ich«, flötete sie in Wills Richtung, der den Wink mit dem Baumstamm verstanden hatte und sich freudestrahlend zu ihr und ihren zwei schlagenden Silikonargumenten gesellte. Mir schwante Übles.

Nachdem die Mehrheit der Gruppe - zu denen ich gehörte - so tat, als hätte sie seine Anweisung nicht gehört und betroffen zu Boden blickte, fing er wie ein aufgescheuchtes Huhn an, die Leute einander zuzuteilen.

»Was ist denn los mit euch, husch husch, ein bisschen Bewegung, wenn ich bitten darf«, kreischte er und ich fing an, den Weg von meinem Stuhl bis zur Tür geistig auszumessen und zu überschlagen, ob ich es raus schaffen würde, bevor er mich zurückhalten konnte.

»Lexi, nun sitz nicht da wie angewurzelt, such dir einen Partner«, sagte er mit hochrotem Kopf und die Doppeldeutigkeit seiner Worte trieb mir fast Tränen in die Augen, wenn die Situation das nicht längst schon getan hätte.

»Du arbeitest mit Eric zusammen«, ergänzte er zu allem Überfluss und ich wusste nicht, ob ich lachen oder weinen sollte.

Nachdem jeder einem anderen Gruppenmitglied zugeteilt worden war, mussten wir Jacobs heiligen Stuhlkreis aus der Mitte des Raums entfernen und die gelagerten Tische an deren Stelle an den nun freien Platz stellen. Zu zweit warteten wir nun alle auf weitere Befehle, da verteilte Jacob auch schon diverses Bastelmaterial an jede Gruppe.

»Ich möchte, dass ihr aus den Materialien etwas heraussucht, mit dem ihr eine Sache oder einen Gegenstand bastelt, der für euch das Glück symbolisiert«, sagte er abschließend und anhand seiner leicht tänzelnden Körperhaltung erkannte ich, dass er vor Freude platzen musste. Widerlich.

»Nun, dann wollen wir mal«, grinste Eric mich an und begann den großen Haufen auf dem Tisch vor uns durchzuwühlen. Bunte Papierbögen, leere Papprollen, Glitzer in sämtlichen Rosatönen, Eierkartons, Fingerfarben und Knete. Ich kam mir vor wie bei einem Ausflug in den Kindergarten. Passend dazu hatten wir alle Klebestifte und Scheren bekommen.

»Na, haben Sie sich schon überlegt, was für Sie Glück ist?«, fragte er anzüglich, während er begann, an den Papierbögen herumzuschneiden. Schnaubend griff ich nach der Knete und verkniff mir meine Antwort.

»Dabei sah es vorher noch so aus, als hätten Sie heute gute Laune«, zwitscherte er munter weiter und ich ertappte mich dabei, wie ich meine Schere zum anderen Ende des Tisches schob. Sicher war sicher.

»Eric, wo sind Sie während des spaßigen Teiles im Club immer?«, fragte ich gerade heraus, während ich mich an der Knetmasse zu schaffen machte.

»Wo sind Sie?«, gab er lächelnd zurück.

»Touché.« Verbissen arbeitete ich an meinem Kunstwerk und dachte darüber nach, was für Möglichkeiten ich hatte. Der geheimnisvolle Clubbesitzer könnte quasi jeder sein. Ich sollte mich also nicht auf Eric versteifen, allerdings kam mir sein ganzes Verhalten suspekt vor.

»Warum wollen Sie das immerzu wissen? Vermissen Sie mich? Dann ließe sich selbstverständlich etwas arrangieren.« Als ich zu ihm aufblickte, sah ich deutlich sein belustigtes Schmunzeln und arbeitete kopfschüttelnd weiter.

»Ich frage mich, woher Sie so genau wissen, dass ich mich nicht mit der breiten Masse vergnüge, wo Sie doch selbst nicht zugegen sind?« Da hatte er allerdings Recht.

»Nun, ich habe mich gefragt, ob Sie es vielleicht vorziehen, mit einer bestimmten Dame zu verschwinden, welcher Sie ihre alleinige Aufmerksamkeit schenken«, konterte ich, während ich mein Knetwerk begutachtete. Perfekt. Ich schnappte mir die rosa Fingerfarbe und begann die Masse anzumalen.

»Das könnte durchaus im Bereich des Möglichen liegen.« Seine Antwort fiel vage aus und ich war so schlau wie zuvor. Mistkerl. Ich versuchte meine Finger von der grellen Farbe zu befreien, jedoch mit mäßigem Erfolg. Schließlich nahm ich das pinkfarbene Glitzerzeug und ließ es auf mein Meisterwerk rieseln.

»Heißt das, wir haben eine Verabredung für das nächste Fest?«, ließ Eric nicht locker, doch bevor ich antworten konnte, prustete er auf einmal los.

»Oh mein Gott Lexi, *das* nennen Sie die Verkörperung von Glück?«, presste er zwischen seinen Lachanfällen hervor. Ich fand, dass er da völlig überreagierte.

»Na ihr zwei Hübschen, seid ihr schon fertig mit der ...«, unterbrach Jacob uns, bevor er hochrot anlief. »Lexi, um Gottes willen, was haben Sie getan?« Er stotterte panisch. Ich sah auf mein Glückssymbol und zuckte mit den Schultern. Jacob verfiel in hektische Schnappatmung.

»Lexi - das ist ein Penis. Ein PENIS«, kreischte er und ich gebe zu, kurz hatte ich Angst, dass er ohnmächtig zusammenbrechen würde.

»Aber er ist rosa und glitzert«, versuchte ich einzulenken, doch da war nichts mehr zu machen. Jacob ließ sich auf die Knie fallen und murmelte wirre Worte, die ich halbwegs als Gebet ausmachen konnte. Die anderen Mitglieder hatten sich inzwischen um uns gescharrt und waren in Erics Lachen eingefallen. Bis auf Micha, der kreidebleich auf seinem Stuhl saß, die Arme erneut um sich geschlungen hatte und vor und zurück wippte.

»Ich verstehe die ganze Aufregung nicht. Das hier verkörpert für mich nun mal das Glück, zumindest momentan.« Dann sah ich missmutig zu Eric. »Was haben Sie denn Schönes gebastelt?« Während er sich seine Lachtränen fortwischte, schob er mir einen Geldschein zu, den er aus den bunten Papierbögen gebastelt hatte.

»Geld verkörpert für Sie Glück?«

»Sicher. Wenn ich allerdings so begabt wie Sie im Basteln wäre, hätte ich mich ja an einer rosa -«

»Schon gut«, fiel ich ihm ins Wort. Ich wollte es gar nicht wissen.

Den Rest der Stunde hatten wir damit verbracht, Jacob aus seinem seelischen Tief zu holen, wobei ich mich dezent zurückgehalten hatte, ich wollte dem armen Kerl eine Verschnaufpause gönnen. Da ich nicht schnell genug von hier verschwinden konnte, war ich erneut eine der Ersten, die an die gesegnete frische Luft kam, und als meine Freundin mir sogleich um den Hals fiel, zuckte ich erschrocken zusammen. Da hatte ich in der ganzen Aufregung völlig vergessen, dass Jenny mich heute abholen wollte.

»Hey Süße, igitt wie siehst du denn aus?« Angewidert blickte sie auf meine rosa Finger, die teilweise sogar glitzerten.

»Frag nicht.«

»Aber Hallo, wen haben wir denn hier?«, säuselte es plötzlich hinter mir und lachend verdrehte ich die Augen. Ich wurde diese Nervensäge einfach nicht mehr los.

»Eric, das ist meine beste Freundin Jenny - Jenny, Eric«, stellte ich die beiden einander vor und musste mir auf die Lippen beißen, um nicht zu grinsen, als ich Jennys große Augen sah.

»Das ist Eric?«, piepste sie geradezu, wobei sie nicht aufhörte, ihn anzustarren.

»Ah, Sie haben von mir gehört? Ich hoffe nur Gutes. Welch Freude Sie zu treffen«, erwiderte er charmant und hauchte einen Kuss auf ihren Handrücken. Ich würgte geräuschvoll.

»Sehr schön, dann haben wir das auch erledigt, können wir dann gehen?« Ich drängelte ungeduldig, wir wollten anschließend eine ausgiebige Shoppingtour unternehmen, da war jede Sekunde kostbar.

»Dann wünsche ich den Damen viel Spaß. Ach und Lexi vergessen Sie ihren Penis nicht.« Lachend verabschiedete Eric sich.

»Was zur Hölle?« Entgeistert sah Jenny mich an.
»Frag lieber nicht«, grinste ich sie an. Ich würde ihr die Story ohnehin erzählen, dann konnte ich das genauso gut an einem Ort machen, an dem es literweise Kaffee gab.

11· Grenzen

Für die Zeit bis zum nächsten Clubbesuch hatte ich die Selbsthilfegruppe wieder ausfallen lassen, ich war mir ziemlich sicher, dass Jacob das erleichtert aufgenommen hatte. Leider war ich nicht vor Eric verschont geblieben, in gewissem Sinne zumindest, denn Jenny schien plötzlich verdächtig Interesse an ihm zu zeigen. Bei unserer Shoppingrunde hatte sie nicht aufgehört mich über ihn auszufragen und auch bei unseren täglichen Treffen im Büro war Eric auf einmal zu einem wesentlichen Bestandteil unserer Gespräche geworden, wie ich zu meinem großen Bedauern festgestellt hatte.

Ich war etwas überrascht darüber gewesen, da sie in der Vergangenheit nie über andere Männer, außer Rick, gesprochen hatte.

Die beiden waren schon seit der Schulzeit ein Paar und für Jenny war er die große Liebe, weswegen sie nichts auf ihn kommen ließ. Meine vorsichtigen Versuche, den Grund für ihre Sexflaute herauszufinden, waren stets an ihrer Weigerung gescheitert, mich mit Informationen zu versorgen. Alles, was ich wusste war, dass Rick derjenige sein musste, der kein Interesse mehr an einem gemeinsamen Stelldichein hatte, denn Jenny sprach ohne Unterlass über all die Dinge, die sie mit ihm anstellen wollte, wenn er nur endlich wieder zur Vernunft käme.

Daher hatte ich meine beste Freundin tatsächlich das erste Mal von einem anderen Mann reden hören, als von dem, den sie zu heiraten beabsichtigte. Sie versuchte so subtil wie möglich vorzugehen, doch nach der fünften, wirklich sehr ausführlichen Beschreibung von Erics Grübchen war ich fest davon überzeugt gewesen, dass sie ihn heiß fand. Gut, wer fand das nicht, aber Jenny? Ricks Krone hatte an Leuchtkraft eingebüßt und das gefiel mir. Nicht, weil ich gemein war, sondern weil ich schon längere Zeit fand, dass er sie nicht so anständig behandelte, wie ein Mann das tun sollte, dessen Herz nur für seine Angebetete schlug.

Aber was wusste ich schon von Liebe? Ich ging auf die Dreißig zu und war noch immer auf der Suche nach meinem bescheuerten Puzzleteil, welches möglicherweise nicht existierte. Eine Eventualität, von der ich hoffte, sie zu finden, damit sie meinen Verstand heilen und mich vervollständigen konnte. Sofern ich zu reparieren war.

Belustigt über mich selbst schüttelte ich den Kopf, in Momenten wie diesen war ich froh, dass Gedanken nicht gelesen werden konnten - es sei denn, man war meine Lieblings-Romanfigur Sookie Stackhouse, dann wäre dies möglich gewesen. In jenem Fall durfte man auch mit richtig heißen, absolut scharfen Vampiren rummachen, die einen um den Verstand brachten und jede Menge unanständige Dinge mit einem anstellten. Gott was würde ich für einen Typen wie ... »So ein verfluchter Mist«, schimpfte ich verärgert, als mir aufging, wie mein

Lieblingsvampir hieß. Nun schlich sich Eric also schon in meine geheimen, lasterhaften Fantasien. Ich würde mich nie wieder meinen Spielzeugfreunden hingeben und an den blonden und zum Ablecken scharfen Vampir denken können, ohne dass sich Erics Visage in mein geistiges Auge brannte. *Falls* ich überhaupt je wieder meine summenden Kameraden würde benutzen dürfen.

Während ich Eric verfluchte, ließ ich mir ein Bad ein, es wurde Zeit mit dem Verwöhnprogramm für meinen Körper anzufangen, denn endlich war es so weit - mein ganz spezieller Samstag im Monat war da. Ich lehnte mich in der Wanne zurück und versuchte, mich zu entspannen. Bei den Erinnerungen an das letzte Treffen reagierte mein Körper auf der Stelle und als ich die Augen schloss, versuchte ich, mir *sein* Gesicht vorzustellen. Seine markanten Wangenknochen und die verheißungsvollen Lippen, die ich berührt hatte sowie sein gestählter Körper deuteten unwiderruflich darauf hin, dass er absolut heiß war, wie das Feuer, das in diesem Moment erneut von mir Besitz ergriff und mich vor Vorfreude erzittern ließ.

Zum wiederholten Mal starrte ich irritiert in den goldenen Karton, der gerade vor meiner Tür abgelegt worden war und in welchem sich nichts weiter befand, als ein schwarzer Trenchcoat. Immer wieder nahm ich ihn heraus, faltete ihn auseinander, doch ich hatte nichts übersehen, es lag kein Kleid darin. Panik erfasste mich. Musste ich ein Eigenes tragen? Dann war ich absolut geliefert, denn ich besaß nicht annähernd etwas, dass ich in solch einer exklusiven Gesellschaft hätte tragen können. Verzweifelt ließ ich mich an der Seite neben meinem Bett zu Boden sinken, auf dem der Karton stand, und fuhr abwesend mit den Fingern über das filigrane Muster darauf. Was sollte ich jetzt nur machen? Mir blieb nichts anderes übrig, als zu Hause zu bleiben, doch allein dieser Gedanke schnürte meine Kehle zu. Unmöglich, ich musste ihn sehen.

Die letzten vier Wochen hatte ich mich nach seinen Berührungen verzehrt, nochmal so lange zu warten, ohne ihn kosten zu dürfen, würde mich umbringen. Daher beschloss ich, trotz besseren Wissens meinen Kleiderschrank zu durchforsten, doch als ich aufspringen wollte, wäre ich beinahe auf etwas ausgerutscht, das ich übersehen hatte. Verwundert hob ich es auf und als ich die wunderschöne Handschrift auf dem Umschlag erkannte, begann mein Herz schneller zu schlagen. Es war eine Nachricht von ihm. Mit zittrigen Fingern öffnete ich ungeduldig den Umschlag und zog die Karte hervor.

Zieh heute nur den Mantel an Chérie stand darauf, das war alles, doch die wenigen Worte lösten ein kleines Erdbeben in mir aus. Oh Gott, ich sollte nackt in den Club gehen? Nein, natürlich nicht, ich hatte ja den Trenchcoat, aber darunter würde ich nichts tragen. Kurz dachte ich darüber nach, ob ich meine sexy Spitzenunterwäsche anziehen sollte, doch diesen Gedanken verwarf ich sogleich wieder.

Nur den Mantel hatte er gesagt, dann sollte es so sein. Meine Vorfreude mischte sich mit dieser merkwürdigen inneren Unruhe, die ich nicht einordnen konnte. Ich wusste nie, was mich im Club erwartete und ein sanftes Prickeln, das sich angenehm über meinen Körper ausbreitete, spornte mich an. Was hatte er geplant?

Plötzlich schob sich die Erinnerung des Gefühls, als er mich völlig ausgefüllt hatte, in meinen Kopf und mein Magen reagierte sofort, indem er sich mehrmals zusammenzog, was mich aufstöhnen ließ. Wie sollte ich die letzte Stunde nur überstehen? Auf einmal erschien sie mir wie eine kleine Unendlichkeit, die Macht über mich hatte und mich verhöhnte.

Unruhig wand ich mich auf dem teuren Ledersitz der Limousine und genoss das Wissen, dass ich unter diesem Mantel völlig nackt war. Der Sommer war inzwischen angebrochen, so dass die Temperatur abends perfekt für so wenig Stoff war. Auch wenn der Chauffeur mir erneut die Augen verbunden hatte, spürte ich dennoch, dass wir bald da waren und mein Puls begann heftig zu steigen.

Als wir endlich hielten und man mir den Seidenschal wieder abgenommen hatte, war ich erstaunt, Gerard direkt hier draußen anzutreffen, normalerweise wartete er im Inneren des Hauses, wo mir eigentlich die Binde abgenommen wurde.

»Madame, dürfte ich bitten?«, sagte er knapp und trippelte sogleich in Richtung des Einganges davon.

Ich trug nie Pumps mit mörderisch hohen Absätzen, auch wenn ich das gern würde. In meinem Fall käme das einem Suizidversuch gleich, jedoch hatte ich auch mit meinen Fünf-Zentimeter-Absätzen Probleme dem Butler hinterher zu laufen.

Sobald ich die Eingangshalle betrat, lief es mir heiß und kalt zugleich den Rücken hinunter, denn als Nächstes würde er sicherlich meinen Mantel haben wollen, doch den konnte ich ihm schlecht geben? Oder war gar das Motto der heutigen Veranstaltung nur nackte Haut? Mir wurde ganz anders, ich wusste nicht, ob ich dafür bereit war, völlig entblößt vor so vielen Menschen zu stehen?

Ein genervtes Räuspern schreckte mich aus meinen Gedanken auf und panisch suchte ich nach Gerard, der nicht wie erwartet neben mir stand, sondern den endlos scheinenden Gang geradeaus weiter gelaufen war. Verwundert blickte ich zwischen ihm und dem Ballsaal, der sich rechter Hand befand, hin und her. Wo ging er hin? Erneut räusperte er sich und ich begriff schließlich, dass ich ihm folgen sollte. Verstohlen sah ich im Vorbeigehen in den einzigen Saal, den ich in diesem riesigen Haus kannte und nahm erleichtert zur Kenntnis, dass alle Gäste angezogen waren. Allerdings verstand ich nun nichts mehr.

Der Butler wartete, bis ich zu ihm aufgeschlossen hatte, dann ging er weiter voran, bis ich sah, dass eine Treppe auf der linken Seite ins Kellergeschoss führte. Mein Herz raste unaufhörlich, als mir einfiel, was die mir unbekannte Dame über die Kellerräume erzählt hatte. Während ich ihm den spärlich beleuchteten Abstieg folgte, spielten meine Gedanken verrückt. Was erwartete mich hier unten? Meine niedrigen Absätze klackerten laut auf dem hellen Marmorboden und das Geräusch hallte durch den langen, schmalen Gang, auf dem zu beiden Seiten unzählige schwere Holztüren abgingen, die von außen nicht voneinander zu unterscheiden waren. Auch hier unten waren die Wände mit rotem Samt tapeziert und kleine, in Gold gerahmte Ölgemälde, auf denen junge, nackte und ineinander verschlungene Körper abgebildet waren, zierten die Wände. Von der Decke hingen Miniaturausgaben der mächtigen Kronleuchter aus dem Ballsaal und tauchten den Gang in ein diffuses Licht. Beinahe wäre ich gegen Gerard gelaufen, als dieser plötzlich in der Mitte stehen geblieben war.

»Verzeihung«, murmelte ich entschuldigend. Wortlos öffnete er den Eingang vor uns und deutete mir an, voranzugehen. Vor mir erstreckte sich nichts als bloße Dunkelheit und ich musste mich regelrecht zwingen einzutreten. In der Annahme, Gerard würde Licht machen, wartete ich auf ihn, doch stattdessen schloss sich hinter mir plötzlich die Tür und ich stand alleine in dieser Finsternis, in der ich erneut zur Blindheit verdammt war, obwohl ich keine Augenbinde trug. Angespannt lauschte ich in den Raum und sobald ich meine verbliebenen Sinne ausgesandt hatte, vernahm ich ein leises Plätschern. Was war das? Und kam es mir nur so vor, oder war es hier drin heiß und stickig?

»Hallo Lexi«, durchschnitt *seine* tiefe Stimme auf einmal die Stille und ließ mich zusammenzucken. Er war hier. Erleichterung durchfuhr mich und sobald die Anspannung von mir gefallen war, nahm ich all die anderen Empfindungen in mir wieder wahr. Allein seine Stimme löste einen Wirbelsturm meiner Nervenzellen aus, die ihre Impulse allesamt in dieselbe Richtung schickten, direkt zwischen meine Schenkel. Ich schluckte schwer und merkte, wie ich angefangen hatte schneller zu atmen. Das war total verrückt, dabei hatte er nur etwas gesagt.

»Zieh den Mantel aus und komm her«, verlangte er schließlich und nach kurzem Zögern nestelte ich nervös an dem Gürtel meines Trenchcoats. Ich war unsicher, denn ich konnte nicht das Geringste sehen und wusste daher nicht, ob sich noch weitere Gäste in diesem Raum befanden, oder ob wir unter uns waren. Was erwartete mich, wenn ich mich entblößte und zu ihm ging? Der Gedanke, ihn mit anderen Mitgliedern zu teilen, behagte mir plötzlich ganz und gar nicht.

»Was ist das hier?«, fragte ich zaghaft, während der Mantel auf den Boden glitt und ich aus meinen Schuhen schlüpfte. Überrascht stellte ich fest, dass ich auf kalten Fliesen stand.

»Manche nennen es den Darkroom«, raunte er und das Ziehen zwischen meinen Beinen wurde fordernder.

»Leuchtet ein.« Gefesselt von dem sinnlichen Klang seiner Stimme ging ich langsam in die Richtung, aus der ich das sanfte Plätschern vernahm. Dann hörte ich deutlich Wasser aufspritzen und hielt erschrocken inne.

»Hab keine Angst, komm zu mir.« Zwei weitere unschlüssige Schritte brachten mich endlich ans Ziel. Als seine Arme mich in Empfang nahmen und hochhoben, schrie ich erschrocken auf, denn im nächsten Moment tauchte ich in herrlich warmes und sprudelndes Wasser ein. Nun wusste ich, was es mit den Geräuschen auf sich hatte, wir befanden uns in einem Whirlpool. »Das ist irre.«

»So kann man es auch formulieren. Ich freue mich, dass dir meine kleine Überraschung gefällt.«

Ich seufzte, und ob sie das tat. Es war ein neues und unbeschreibliches Gefühl, nicht das kleinste bisschen sehen zu können, dabei jedoch die sanfte Massage der Düsen unter Wasser zu genießen und so ließ ich mich mit geschlossenen Augen auf dem Rücken treiben.

»Hast du mich vermisst?« Diese Frage kam völlig unerwartet und ich hatte nicht die geringste Ahnung, was ich daraufhin erwidern sollte. Die Wahrheit? *Oh ja, mehr als du ahnst.* Oder das, was er wahrscheinlich hören wollte: *Ich habe deinen Schwanz vermisst.* Ich entschied mich für Lösung Nummer drei: »Möglicherweise.« Das klang weder nach großen Gefühlsbekundungen noch nach dem Beginn eines Low-Budget-Pornos. Ich hielt die Luft an, als mir klar wurde, wie sehr ich ihn tatsächlich vermisst hatte, doch ich würde einen Teufel tun und ihm das auf die Nase binden. Um jemanden vermissen zu können, bedurfte es der Voraussetzung, dass man Gefühle für diese Person entwickelt hatte. Ich tauchte in der Hoffnung unter, dass das Wasser meinen Kopf wie durch Zauberhand wieder klar werden lassen würde. *Gefühle*. Das wurde immer konfuser.

Er ließ mir jedoch keine Zeit, meine Gedanken zu ordnen, denn als ich auftauchte, beugte er sich über mich.

»Möglicherweise also?«, flüsterte er, während er mich auf den eingelassenen Sitz im Pool hob, sich sanft über mich beugte und zwischen meinen Beinen positionierte. Ich schlang sie um seine Hüfte und richtete mich auf.

»Verrätst du mir, was ich tun kann, um eine präzisere Antwort zu bekommen?«

»Das ist zumindest ein guter Anfang«, antwortete ich atemlos und bezog mich auf seine Finger, die zwischen uns abgetaucht waren und ohne Umschweife meine empfindlichste Stelle gefunden und sie zu massieren begonnen hatten.

»Wirklich?« Er kam noch näher und sein herber Duft hüllte meinen Verstand ein. »Nicht, dass es dir zu schnell geht?« Er klang tatsächlich belustigt.

»Jetzt wo du es erwähnst, vielleicht sollten wir zuerst ins Kino gehen?«, zog ich ihn auf, doch da packte mich seine freie Hand am Nacken und zog mich näher.

»Möglicherweise.« Er atmete angestrengt und ich kämpfte mit meiner inneren Aufruhr, die seine geschickten Finger in mir ausgelöst hatten. Ich schlang meine Beine enger um ihn, animierte ihn mir zu geben, wonach ich mich in diesem Augenblick sehnte, doch stattdessen verlangsamte er den Rhythmus seiner Zuwendung. Sein Gesicht befand sich direkt vor meinem und wie von selbst umfassten meine Hände es, strichen sachte über seine Konturen, sogen jeden Millimeter von ihm auf, den sie ertasten konnten.

Obwohl ich keine Augenbinde trug, konnte ich ihn nicht sehen und diese Tatsache machte mich gleichermaßen wahnsinnig und erregte mich. Für einen kurzen Augenblick schob sich Erics Bild vor mein geistiges Auge und ich versuchte, seine Proportionen, mit denen zu vergleichen, die ich fühlte. Es gelang mir nicht eine Verbindung herzustellen und ich wollte es auch nicht. In diesem Moment zählte nur der Mann vor mir, der mich erneut gefährlich nah an den Rand des Abgrundes brachte. Er lehnte seine Stirn an meine und unser Atem vermischte sich. Zögerlich schob ich mein Kinn vor, der Drang ihn zu küssen, war zu übermächtig, ich musste ihn schmecken. Jetzt.

Meine Lippen streiften flüchtig die seinen, er zuckte kaum merklich zusammen und stöhnte auf, doch entgegen meiner Hoffnung schenkte er mir keinen Kuss, sondern zog sich zurück.

»Warum?«, keuchte ich frustriert, doch dann lenkte mich sein Mund ab, der sanft an meinem Hals knabberte, bei meiner Frage jedoch innehielt.

»Ein Kuss ist mehr als einfach nur eine Berührung Lexi. Ein einziger Kuss hat die Macht, die Gesetze der Physik und die des Schicksals außer Kraft zu setzen. Dieser eine Moment entscheidet über den Rest deines Lebens. Entweder er ist ganz nett oder aber er sprengt die Grenzen deines bisher gekannten Universums und dann ist nichts mehr so, wie es einmal war.«

Während ich fassungslos seine Worte Revue passieren ließ, arbeiteten seine Lippen sich zu meinen Brüsten vor. Die Wahrheit des Gesagten packte mich mit voller Wucht. War das mein Puzzleteil? Die Suche nach diesem einen Menschen, der es vollbringen konnte, mein Leben mit nur einem Kuss komplett auf den Kopf zu stellen? Plötzlich wurde ich von einer tiefen, nie gekannten Sehnsucht erfüllt. Ich hatte unzählige Küsse empfangen, doch keiner von ihnen war mehr als nett gewesen. Ich sehnte mich danach ihn zu küssen, herauszufinden, ob er derjenige war, der meine Grenzen zu sprengen vermochte.

Meine Hände schlangen sich um seinen Nacken, ich klammerte mich regelrecht an ihn, wohl wissend, dass ich diese Erfüllung nicht bekommen würde, da er offensichtlich nicht bereit war, sein Schicksal mit jemandem zu teilen. Diese Erkenntnis schmerzte und überraschte mich zugleich, doch dann wollte ich wenigstens die eine Befriedigung, die er mir mit Vergnügen schenkte. Seine Finger genügten mir nicht länger. In diesem Moment biss er fordernd in meine Brustwarze und mein wunder Punkt zog sich schmerzhaft zusammen. »Oh Gott, ich brauche dich jetzt«, stöhnte ich auf und hätte schwören können, ein Lachen zwischen seinen hektischen Atemzügen gehört zu haben.

Im nächsten Augenblick hob er meinen Hintern an. Eine weitere quälende Unterbrechung, in der er vorsorgte und dann, endlich spürte ich seine herrliche Erektion, die sich langsam in mich schob. Dieses Gefühl war mit nichts zu vergleichen, das ich jemals empfunden hatte und brachte mich richtiggehend aus dem Konzept. Zitternd umklammerte ich ihn und lächelte, als er erneut seine Stirn gegen meine lehnte. Es kostete mich sehr viel Beherrschung, nicht der Versuchung seiner Lippen zu erliegen, doch seine nächste Bewegung ließ mich jeglichen Gedanken vergessen, der nicht mit der animalischen Leidenschaft zu tun hatte, die mich völlig einnahm.

Meine Zunge fuhr über seine Schulter, während meine Fingernägel sich in seinem Rücken festkrallten und der leicht salzige Geschmack ließ mich erneut aufstöhnen. Ich war gefangen in dem Strudel aus Lust und Gier, noch nie hatte es jemand geschafft, meinen Verstand derart auszuschalten. Kläglich gestand ich mir ein, dass ich ihm mit Haut und Haaren verfallen war.

»Oh Lexi«, flüsterte er heißer, dabei entging mir das leichte Zittern seiner Stimme nicht. Plötzlich packte er meine Hüften fester und seine Bewegungen wurden schneller, fordernder, so dass das Wasser um uns regelrecht aus dem Whirlpool gespritzt wurde. Mein Atem ging so flach, dass ich kaum noch Luft bekam, ich hielt ihn fest und hieß den

Abgrund willkommen, in welchen er mich stieß. Der Preis für diesen unglaublichen Gipfel der Lust war mein Herz, und auch wenn eine leise Stimme in meinem Verstand mich davor warnte, so wusste ich, dass ich längst verloren war.

Im nächsten Moment sprangen wir gemeinsam über die Klippe, und bevor mich der selige Nebel der Verzückung umhüllte, wurde mir klar, dass die Grenzen meines Universums längst gesprengt worden waren.

12· Überrumpelt

Einen Tag nach dieser Erkenntnis lag ich in meinem Bett und starrte an die Decke. Wieder einmal. Dieses Mal lag mein Problem jedoch nicht bei meiner Libido, die dankbarerweise heute schwieg, sondern etwas höher. Mein Magen zog sich im Minutentakt zusammen, sobald ich an *ihn* dachte und mein Herz fühlte sich plötzlich schwer und seltsam fehl am Platze an.

Seit ich aufgewacht war, verharrte ich in dieser Position und dachte unentwegt an die letzten Stunden zurück. Der Moment, als er mich zurückgelassen hatte, hatte sich unlöschbar in mein Gedächtnis gebrannt, von wo aus ich ihn in einer Art Dauerschleife abrief.

Seine Lippen hatten meine Wange gestreift, doch das war ausreichend gewesen, um sie in Brand zu setzen. Anschließend hatte er mein Gesicht in seine Hände genommen und geflüstert: »Ich weiß nicht, ob ich es noch einmal schaffe wieder vier Wochen auf dich zu warten, Chérie. Vielleicht bekomme ich als Belohnung eine Antwort auf meine heutige Frage?« Dann war er aus dem Whirlpool gestiegen und ich hatte trotz des warmen Wassers angefangen zu zittern. Sobald er aus dem Becken gestiegen war, hatte sich das Gefühl der Einsamkeit schwer über mich gesenkt und mich nieder gedrückt. Dann war es auf einmal heller geworden, kleine LED-Leuchten, die an den Wänden entlang auf dem Boden angebracht waren, hatten der Dunkelheit ihre Endgültigkeit genommen und meinen Augen ihre Sehkraft wieder geschenkt. Sofort hatte mein Blick sich auf ihn geheftet, als er langsam zur Tür gegangen war und bei dem Anblick der kleinen Wassertropfen, die unaufhaltsam an seiner Haut herabrannen und sich über seinen wohlgeformten Hintern verteilten, hatte ich für einen Moment vergessen zu atmen. Das schwache Licht hatte jedoch nicht ausgereicht, um sein Gesicht zu erkennen, da die Helligkeit gerade bis zu seiner Hüfte reichte. Und als die Tür aufgegangen war, hatte das Licht des Ganges mich derart geblendet, dass ich nur seine Silhouette hatte wahrnehmen können.

Das war der Moment, den ich nicht mehr aus dem Kopf bekam. Zum ersten Mal hatte ich etwas von ihm sehen dürfen und nun lechzte mein Körper nach mehr. Ich musste wissen, wer er war.

Seufzend sah ich mich nicht in der Lage, mich von meinem Bett zu erheben, auch wenn es inzwischen längst Nachmittag geworden war. Ich dachte daran, wie leer ich mich gefühlt hatte, als er nicht mehr anwesend gewesen war, seine Präsenz mich nicht mehr eingenommen und verzaubert hatte. Kurz darauf war Gerard in den Darkroom hereingekommen, hatte das Deckenlicht eingeschaltet und sich diskret mit dem Rücken zu mir gestellt, damit ich in Ruhe aus dem Pool steigen und mir den Trenchcoat überziehen konnte. Bei dieser Gelegenheit hatte ich festgestellt, dass der Whirlpool nur einen kleinen Bereich des Raumes einnahm. Mein Blick war überrascht an der hinteren Wand hängen geblieben, die komplett mit dunkelrot eingefärbtem Leder überzogen war und an welcher eine Ausrüstung hing, die wahrscheinlich der feuchte Traum jedes SM-Liebhabers war. Das hintere Drittel des Zimmers war mit mir unbekannten Gebilden ausgestattet, die teilweise an Ketten von den Decken hingen und von denen ich annahm, dass sie als Spielwiese für die Instrumente und deren Liebhaber dienten.

Desinteressiert hatte ich mich abgewandt und war an dem Butler vorbei in den Gang hinausgelaufen, wo ich darauf gewartet hatte, dass er mich zur Limousine geleiten würde. Was ich vor nicht allzu langer Zeit sicherlich faszinierend gefunden und liebend gerne ausprobiert hätte, war mir plötzlich gleichgültig geworden. Es interessierte mich nicht mehr, auf welche Art und Weise ich mir den nächsten Kick holen konnte, mein Denken wurde nur noch von einer Sache beherrscht: Ihn zu spüren und zu berühren.

So ging es nun schon den ganzen Tag. In der Nacht hatte ich kaum Schlaf gefunden, und seit ich aufgewacht war, lag ich hier. Noch nicht einmal für einen Kaffee hatte ich mich aufgerappelt und das gab mir zu denken. Etwas hatte sich geändert, etwas Grundlegendes. Mein Puzzleteil schien zu existieren und sich langsam zu fügen - und das machte mir große Angst.

Erschöpft schlurfte ich am nächsten Tag in mein Büro und zwang mich die Augen offen zu halten. Wie ich Montage hasste. Ich war noch nicht an meinem Platz, da teilte mir der Klingelton von »Miss Marple« mit, dass Jenny mir eine Nachricht geschrieben hatte. Ein Lächeln huschte über mein müdes Gesicht. Aus Langeweile hatte ich gestern allen Freunden und Bekannten eigene Klingeltöne zugewiesen, dafür hatte ich nicht vom Bett aufstehen müssen und es war eine nette Abwechslung gewesen. Halb blind versuchte ich mein Handy aus den Untiefen meiner Handtasche zu fischen, da streckte mein Chef den Kopf zur Tür herein.

»Lexi, heute ist Teambesprechung der einzelnen Etagen, wie Sie wissen. Ich wollte Sie daran erinnern, dass Sie in dieser Zeit meine Anrufe entgegen nehmen müssen.« Entgeistert starrte ich ihm hinterher, doch er war schon nicht mehr da. Verdammt, das hatte ich völlig vergessen und das ausgerechnet heute. Missmutig ließ ich mich auf meinen Bürostuhl fallen und sah auf mein Handy.

»Süße, wozu hast du ein Telefon, wenn du es nicht benutzt??? Himmel, ich hoffe alles gut? Wie war es im Club? Hast du Eric gesehen? CU later.«

Stöhnend legte ich mein Handy zur Seite und rieb mir meine Schläfen, ich fühlte mich, als hätte ich eine Bar leer getrunken und wäre anschließend von einem Zug überrollt worden. Bevor ich irgendwelche Telefonate führen oder Nachrichten beantworten konnte, benötigte ich zuerst Kaffee. In großen Mengen. Und definitiv keine Gespräche über Eric.

Die ersten Schlucke waren Balsam für meine Seele, auch wenn wir in unserem Gemeinschaftsraum nicht diesen Traum einer Kaffeemaschine stehen hatten wie in Jennys Etage, sondern die kleine, günstigere Ausgabe - die viel günstigere. Das Koffein entfaltete endlich seine Wirkung und ich fühlte mich nach und nach wieder lebendig, so dass ich mich daran machte, die E-Mails durchzusehen, als es klopfte. Verdammt, ich war noch nicht so weit, um lange Gespräche ertragen zu können, wer wollte denn um diese unchristliche Zeit etwas von mir? »Ja bitte?«, sagte ich daher eine Spur zu unfreundlich.

Ein Bote steckte seinen Kopf zur Tür herein. »Frau Alexandra Sophie Masters?«

Ich schluckte. Meinen Zweitnamen kannte kaum jemand, was wollte dieser Typ von mir? »Ja?« Misstrauisch sah ich ihn an.

Mit dem Rücken voran schob er sich in mein Büro, und als er sich zu mir umdrehte, sah ich, dass er einen Blumenstrauß in seinen Händen hielt, der fast so groß war wie er selbst. Bei dem Anblick der wunderschönen, langstieligen Rosen blieb mir die Luft weg und sofort zog sich mein Magen erneut zusammen. Die Blumen steckten bereits in einer großen Bodenvase, weswegen der Bote ziemlich schwer zu tragen hatte. Äußerst geräuschvoll platzierte er diese auf dem Teppich und verabschiedete sich keuchend von mir.

»Warten Sie«, hielt ich ihn zurück. »Wer hat die geschickt?« Ich wagte es kaum zu atmen, denn es kam nur eine Antwort in Frage und jede andere hätte mich zutiefst enttäuscht.

»Da steckt ´ne Karte drin«, nuschelte er und war verschwunden, bevor ich ihn weiter aufhalten konnte. Eine Karte also. Langsam ging ich um meinen Schreibtisch herum und kniete mich neben die Vase. Mein Herz hämmerte lauthals in meiner Brust und ich benötigte zwei Anläufe, die Karte aus den Rosen hervorzuziehen, da meine Finger vor Aufregung stark zitterten. Langsam öffnete ich sie.

Eine Rose bedeutet Schönheit und Schmerz zugleich. Überwindet man seine Angst vor den Stacheln, wird man großzügig belohnt.
Der Duft der roten Rosenblätter ist am intensivsten von allen und regt die Sinne an, so wie Du die meinen. Sie erschien mir nahezu als perfekte Gabe für eine sinnliche und aufregende Frau wie Dich.
Es heißt, sie steht für Leidenschaft, Romantik und Liebe.
Sag Du es mir?
- O. -

Großer Gott, ich konnte nicht aufhören seine Zeilen immer und immer wieder zu lesen. Er war es definitiv, wie ich deutlich an seiner unverwechselbaren Handschrift sehen konnte und er hatte mit O unterzeichnet, war das endlich der Hinweis auf seinen Namen? Mir wurde schwindelig und ich las die Zeilen erneut. *Es heißt, sie steht für Leidenschaft, Romantik und Liebe. Sag Du es mir?* Ich spürte, wie meine Beine langsam aber sicher unter mir nachzugeben drohten und ließ mich auf einen Besucherstuhl gegenüber meinem eigenen fallen. Ich sah auf die sicherlich hundert Rosen, die mein Büro nach und nach mit ihrem süßen Duft durchströmten und deren Präsenz mich nun anstatt seiner einhüllten. Das Gefühl der Leere verschwand und machte einem neuen Platz, eines, das mir noch fremd war, das ich jedoch gerne willkommen hieß. »Miss Marple« erklang zum wiederholten Male und mein Bürotelefon lief Amok, doch ich saß weiterhin einfach nur da und lächelte dümmlich die Rosen an. Und woher zum Teufel wusste er meinen vollen Namen?

13. O.

Erleichtert stieß ich den Atem aus und lehnte mich in meinen Ledersessel zurück. Nicht zu wissen, wie sie auf die Rosen reagieren wird, hatte mich nervöser werden lassen als vermutet. Der Anblick, wie sie verzückt den Strauß betrachtete, entschädigte mich für jegliche Aufregung. Gebannt starrte ich auf den mittleren meiner Bildschirme, auf welchem der Augenblick von einer der Überwachungskameras eingefangen worden war, als sie meine Karte gelesen hatte.

Das Standbild raubte mir den Verstand: Eine Momentaufnahme ihres feinen Gesichts, dessen aristokratisch anmutende Züge durch ihre Hochsteckfrisur heute besonders zur Geltung kamen. Mein Blick klebte förmlich an ihrem zarten Hals, war mir der Geschmack ihrer rosigen Haut nur zu deutlich in Erinnerung. Vergeblich versuchte ich Contenance zu wahren, doch das fiel mir äußerst schwer. Ich hatte von der erlesensten aller Früchte gekostet und mein Verstand versuchte mir zuzuflüstern, dass ich bald würde dafür bezahlen müssen.

Ich wünschte mir, dass sie ihre strenge Frisur für mich löste, so dass sich die dunkelrote Pracht erneut über ihren Rücken ergoss, wie damals im Club. Während ihrer Arbeitszeit trug sie abwechselnd ihre Kostüme oder Hosenanzüge, heute Letzteres, und täglich sehnte ich mich danach, ihre perfekte, weibliche Figur wieder in einem meiner Kleider zu sehen, die ihr weitaus mehr schmeichelten. In der Selbsthilfegruppe war sie stets so leger angezogen, dass es mir oft schwerfiel, nicht an die Momente zurückzudenken, an denen ich den Stoff von ihrer weichen Haut geschält hatte, um sie zu berühren.

Seit ich Lexi zum ersten Mal gesehen hatte, wollte ich sie. Ihre ebenmäßige, helle Haut und die dazu in Kontrast stehenden dunkelroten Haare hatten mich von Beginn an gefangen genommen. Seit diesem Augenblick hatte ich mich danach gesehnt, durch ihre Mähne zu streichen, meine Finger über jeden Zentimeter dieses makellosen Körpers gleiten zu lassen, sie zu berühren und zu kosten. Ihr Geschmack hätte ein vollendetes Geschenk an mich selbst sein sollen, ein weiteres Abenteuer in meinem Club, das ich bis ans Limit auszukosten gedachte.

Nachdem ich auf sie aufmerksam geworden war, hatte ich regelmäßig meine Zeit vor den Bildschirmen mit den Aufnahmen der Kameras verbracht, die in diesem Gebäude nahezu in jedem Raum angebracht waren. Zeit, die ich auf Grund meines Berufs nicht hatte, die ich mir jedoch stahl. In wichtigen Besprechungen und Konferenzen hatte ich mich mehr auf ihr exquisites Gesicht konzentriert, denn auf meine Arbeit, bis mir klar geworden war, dass ich sie treffen musste. Ihre Selbsthilfegruppe war schließlich der perfekte Rahmen gewesen, um ihr nahe zu sein und etwas über sie zu erfahren, ohne dass sie wusste, wer ich war.

Anfangs hatte ich mich gesorgt, dass sie mich erkennen könnte, doch diese Angst war unbegründet gewesen. In meinem legeren Aufzug war ich nur ein weiteres Mitglied ihrer Gruppe und nicht der Inhaber der Firma, für welche sie und ihre Freundin arbeiteten. Da ich die Leitung von Lexis Stockwerk meiner rechten Hand überlassen hatte und mein Büro sich in Jennys Etage befand, war es natürlich auch möglich, dass Lexi mich noch nie gesehen hatte. Diesen Umstand war ich gewillt zu ändern, und so hatte ich ebenfalls zu Jacob gefunden.

Nach einiger Zeit, in der ich mich davon überzeugt hatte, dass sie keinen Schimmer hatte, wer ich war, konnte ich ihr endlich die Einladung zukommen lassen. Andernfalls hätte es sicherlich keinen guten Eindruck hinterlassen, vom eigenen Chef in einen Swingerclub der besonderen Art eingeladen zu werden. In meinem Bemühen sicherzugehen, dass sie keine falschen Ambitionen hegte, wenn sie herausbekäme, wer ich wirklich war, hatte ich nicht daran gedacht, dass sie mich im Club nun definitiv als Gruppenmitglied der verlorenen Seelen wieder erkennen würde. Glücklicherweise hatte ich mit der Augenbinde einen Geistesblitz gehabt, doch es stimmte mich bei jedem Treffen traurig, nicht in ihrem vor Lust vernebelten Blick versinken zu dürfen.

Ich hatte den perfekten Plan, hatte alles bis ins kleinste Detail vorgesehen, hatte gedacht, ich wüsste wie unser einmaliges Treffen ablaufen würde - denn mehr als ein Treffen mit derselben Dame im Club hatte ich mir nach einigen unschönen Erfahrungen in Hinsicht auf meinen finanziellen Hintergrund verboten.

Und dann war alles anders gekommen, dann war *sie* gekommen. Lexi war in den Ballsaal geschritten und hatte mir den Atem geraubt. So sehr, dass ich sie von Gerard hatte holen lassen um mich zum ersten Mal, seit ich den Club eröffnet hatte, alleine mit einer Gespielin vergnügen zu können. Allein der Gedanke daran, sie mit den anderen zu teilen, hatte mir zutiefst widerstrebt. Und dann hatte ich erneut etwas getan, dass ich nie zuvor gemacht hatte: Ich hatte sie unberührt wieder gehen lassen. An diesem Abend, in diesem Moment, da hatte ich gespürt, dass Lexi etwas Besonderes war und eine eben solche Behandlung verdiente. So hatte ich sie mit einem Versprechen nach Hause geschickt.

Bei unserer nächsten Begegnung war sie noch viel schöner gewesen und es hatte mich all meinen Willen gekostet, sie nicht sofort zu nehmen. Etwas in mir hatte gewollt, dass ich sie wiedersehe und ich war der unsinnigen Meinung gewesen, dass ich mich nicht mehr für sie interessierte, sobald ich mit ihr geschlafen hatte. Das Treffen darauf war etwas unglücklich verlaufen, denn ich war tatsächlich ein wenig eifersüchtig und dadurch ungehalten gewesen, was sie mir zum Glück nicht nachgetragen hatte. Beim nächsten Mal jedoch hatte auch mein Wille seine Grenzen gespürt und es war mir nicht länger gelungen, mich zurückzuhalten. Der Moment, in dem wir endlich eins geworden waren, hatte sich unauslöschlich in meine Gedanken gebrannt.

Beinahe konnte ich ihren blumigen Duft riechen und ihre weiche Haut schmecken, wenn ich mich in diesen Erinnerungen verlor. Ich stöhnte auf und schloss die Augen, als ich vor meinem geistigen Auge die Konturen ihrer Brüste vor mir sah, den erlesenen Geschmack ihrer Haut auf meiner Zunge schmeckte. Verdammt, ich musste damit aufhören. Es war immer das Gleiche, sie erregte mich zutiefst, wenn ich auch nur an sie dachte, und die auffällige Ausbuchtung an meiner Hose war selbst für einen Blinden nicht zu übersehen.

Lexi faszinierte mich in jeglicher Hinsicht. Sie brachte mich dazu, sämtliche Prinzipien über Bord zu werfen, Dinge zu tun, die ich mir strikt verboten hatte und Grenzen auszuloten, die bisher felsenfest in meinem Inneren verankert waren.

Ich öffnete die Augen und sah erneut auf den Bildschirm, auf ihr bezauberndes Lächeln, welches sie dem Rosenstrauß schenkte, vor dem sie saß. Ihre Lippen ..., wieder stöhnte ich auf. Sie waren die pure Versuchung und von Mal zu Mal fiel es mir schwerer, ihr nicht zu erliegen. Ein Kuss würde jedoch alles verändern, das konnte ich nicht zulassen. Eine Weile sah ich Lexi noch dabei zu, wie sie wieder anfing zu arbeiten und versuchte meine innere Stimme zu ignorieren, die mir beständig zuflüsterte, dass Veränderungen nicht ausschließlich negativ sein mussten. Ein Kuss könnte alles verändern, doch in welcher Hinsicht?

Ich atmete tief durch und schüttelte diesen Gedanken ab. Für derlei Wunschdenken hatte ich keine Zeit. Mein Leben drehte sich fast nur um die Firma, die ich mir hart erarbeitet hatte. Es blieb nahezu kein Raum für ein Privatleben oder eine feste Konstante in meinem Leben. Für Abwechslung hatte ich den Club. Das war alles, was ich brauchte. Bisher jedenfalls.

Ich war mir sicher, dass ich Recht hatte. Und doch saß ich an diesem Tag noch lange vor Lexis Abbild, unfähig den Bildschirm abzuschalten und ignorierte das beständig läutende Telefon. Auch das war neu.

Plötzlich hatte ich eine Idee, die mich ihr vor Ende der vier Wochen näher brachte, ohne dass ich sie in der Selbsthilfegruppe würde ansprechen müssen. Dankbar für diesen Einfall lehnte ich mich erneut zurück. Jetzt konnte ich mich wieder meinen Aufgaben widmen, die sich nicht länger aufschieben ließen. Schweren Herzens schwebte ein Finger über dem Off-Knopf des Bildschirmes, dann blieb mein Blick erneut an ihren vollen Lippen hängen. Überredet. Noch fünf Minuten, dann aber.

14· Der ganz normale Wahnsinn

Heute war ich so glücklich, dass ich mich wieder in die Selbsthilfegruppe traute. Das Wochenende mit *ihm* und die wundervollen Rosen, mit denen er mich am Tag zuvor im Büro überrascht hatte, hatten mich derart euphorisch gestimmt, dass ich mich nicht mehr um Jacobs Reaktion auf mein Erscheinen sorgte. Entsprechend selig grinsend saß ich nun auf meinem Platz im Stuhlkreis, in Gedanken weit fort von der Wirklichkeit und schwelgte in Erinnerungen.

»Wie es scheint hatten Sie ein vergnügliches Wochenende?«

Ich sah Eric an und atmete tief durch. Richtig, er war ja auch hier. Warum auch immer, denn Enthaltsamkeit war nicht gerade sein Bestreben, wobei ich zugeben musste, ihn bei meinen letzten Clubbesuchen tatsächlich nicht gesehen zu haben. Ich verzog den Mund und schüttelte den Kopf. Nie und nimmer war er O. Auf keinen Fall. *Bitte nicht.*

»Wie heißen Sie mit Nachnamen?«, fragte ich geradeheraus und ignorierte seine Verwunderung darüber.

»Weshalb sollten Sie das wissen wollen? Tragen Sie sich etwa mit dem Gedanken mir einen Antrag zu machen und wollen nun wissen, ob mein Familienname Sie schmückt?«

»Schon gut, blöde Idee«, gab ich zu und versuchte, sein neckisches Lachen zu übersehen, welches seine Grübchen so gut zur Geltung brachte. Es würde mir wirklich leichter fallen ihn nicht zu mögen, wenn er hässlich wäre. Das kurze Aufflackern meiner hysterischen Gefühlswelt zeigte sich in diesem Moment von seiner oberflächlichen Seite.

»Ich habe Sie vermisst am Samstag«, fuhr er unbeirrt fort. »Mir scheint, als würden Sie einige Vorzüge im Club genießen?«

»Möglicherweise«, antwortete ich knapp, da ich mir noch immer keinen Reim darauf machen konnte, ob er mich nur auf den Arm nahm oder wirklich nicht wusste, was Sache war. Und zu allem Überfluss hatte Jenny darauf bestanden, mich heute wieder nach der Gruppe abzuholen. Natürlich nicht aus reiner Nächstenliebe, wohl eher aus Neugierde auf einen bestimmten Mann. Ich wusste nicht, ob mir das gefiel, ganz und gar nicht.

»Gestern habe ich einen großen Strauß roter Rosen in mein Büro geschickt bekommen.« Es war mir einfach herausgerutscht und im selben Moment fragte ich mich, weshalb ich das erwähnte?

»Wollen Sie mich etwa eifersüchtig machen?«, fragte er mit einem Augenzwinkern, seufzend gab ich auf. So würde ich nicht weiterkommen. Mein Blick streifte Raul, der zufällig neben ihm saß und lächelte. Wahrscheinlich hatte er unser Gespräch mitbekommen und amüsierte sich auf meine Kosten. Aber - oh man, was für ein Lächeln.

»Meine Schäfchen, ich freue mich, euch alle wiederzusehen und ... oh Lexi, nett, dass du uns wieder mit deiner Anwesenheit beehrst«, näselte ein sicht-

lich überraschter und irgendwie geschockt ausse-
hender Jacob. »Ich hatte angenommen, dass du uns
verlassen hast ... aber ... nun, gut.« Er zwang sich regelrecht freundlich zu sein und seine entgleisten
Gesichtszüge entstellten ihn dabei so urkomisch,
dass ich mich wirklich zwingen musste, nicht los-
zuprusten. Das konnte ich ihm nicht antun.

»Tut mir leid, das mit dem -«, setzte ich kleinlaut
an, doch er unterbrach mich und winkte hektisch
mit seinen Händen auf und ab.

»Wir werden dieses Wort nicht in den Mund nehmen«, gestikulierte er wild und ich senkte meinen
Blick aus Angst den Lachanfall nicht länger unterdrücken zu können.

»Das Wort will ich auch nicht in den Mund nehmen,
wofür es steht, dagegen schon«, murmelte ich grinsend und hörte Eric neben mir glucksen.

»Sie wissen, dass Sie hier völlig fehl am Platze
sind?«, flüsterte er mir zu. Ich zuckte mit den
Schultern: »Wer nicht?«

»Da mögen Sie durchaus Recht haben.«

Wenn die beiden Klatschweiber ihr Kaffeekränz-
chen dann unterbrechen könnten?«, hörte ich die
verärgerte Stimme von Jacob, dessen Gesichtsfarbe
ein ungesundes Dunkelrot angenommen hatte. »Es
ist gut, dass du heute hergefunden hast Lexi, denn
heute habe ich etwas Besonderes vor«, fuhr er fort
und ich stöhnte innerlich. Schon wieder?

»Ich habe ein Lied vorbereitet, das von Herzen
kommt und mit welchem wir - speziell die rückfäl-

ligen Mitglieder - noch einmal unsere Reue zeigen und um Vergebung bitten können.«

Ich rutschte immer weiter auf meinem Stuhl hinunter, wieder ahnte ich Böses.

»Ich habe es auf Kassette aufgenommen und würde euch bitten, einen Kreis zu bilden und euch an den Händen zu fassen.« Dann stellte er einen dieser tragbaren Rekorder auf den Boden, der zu Zeiten von Hochwasserhosen und DJ Bobo modern gewesen war. Ich schätzte, dass die Wenigsten heute überhaupt noch wissen, was eine Kassette war.

Ich sah, wie meine Mitstreiter sich widerwillig erhoben und tat es ihnen gleich. Als Erics Hand die meine ergriff, fühlte es sich nicht vertraut, aber auch nicht falsch an. Jacob drückte auf Play und als die ersten Töne erklangen, packte mich blankes Entsetzen.

Gemeinsam sind wir stark, ja nur gemeinsam sind wir stark.
Wir stellen uns dem Teufel, der unsere Seele fressen wollte,
dem Frevel und der Sünde, der körperlichen Lust.
Wir wollen uns reinwaschen, Liebe finden wollen wir.
Gemeinsam sind wir stark, ja nur gemeinsam sind wir stark.

Während er seinem Gesang lauschte, der in mir noch größeren Brechreiz auslöste als seine Sprechstimme, strahlte er einen tiefen inneren Frieden

aus. Sein Text wurde immer wieder von Blockflö-
tenpassagen unterbrochen, die er wohl selbst ein-
gespielt hatte. Der Kreis, den wir bildeten, hatte
sich auf Jacobs Kommando hin in Bewegung gesetzt und an den Händen haltend wankten wir nun
alle zum nicht vorhandenen Takt mit. Das letzte
Mal, als ich mich bis auf die Knochen blamiert gefühlt hatte, war, als ich in der Schule vor meinem
damaligen Schwarm gestolpert und der Länge nach
hingefallen war. Das Gefühl heute war noch
schrecklicher. Ich wollte abhauen, alles in mir
drängte zur sofortigen Flucht. Entsetzt suchte ich
Erics Blick, der sich jedoch köstlich zu amüsieren
schien.
»Und den Refrain jetzt alle zusammen«, warf Jacob
fröhlich ein und ich wusste plötzlich, das hier war
die seltsame Art meines Schicksals mir meine
»Sünden« heimzuzahlen. Will brüllte die Worte in-
brünstig heraus, nicht jedoch ohne einen heimlichen Blick auf Sallys gemachte Titten zu riskieren.
Wahrscheinlich wollte er sich nur ins Gedächtnis
rufen, weshalb er mit Leib und Seele mitsang.

Dass ich wieder die Erste war, die nach dem Ende
der Stunde in die Freiheit hinaustürmte, wunderte
mich nicht. Micha war bei Jacob geblieben und beteuerte, wie wichtig ihm diese Art der Seelenreinigung gewesen war und wie viel es ihm bedeutet
hatte. Ich dagegen fragte mich noch deutlicher,
weshalb ich noch hierherkam. In diesem Moment
ging Raul an mir vorbei, der Dank den warmen

Temperaturen nur ein T-Shirt trug, welches seinen anbetungswürdigen Körper weitaus besser zur Geltung brachte als die dicken Winterpullis. Jup, da war er wieder, mein Grund.

»Na wie war die Erleuchtung?«, hörte ich Jennys Stimme hinter mir und drehte mich erleichtert um.

»Du ahnst nicht, wie sehr ich dich und die normale Welt vermisst habe«, schluchzte ich, zog sie in meine Arme und drückte sie als ginge es um mein Leben.

»Du meine Güte, was stellen sie da drin mit euch an?«, fragte sie irritiert, während sie versuchte mich von sich zu schieben.

»Ich bin überaus entzückt, Sie erneut anzutreffen«, säuselte Eric plötzlich hinter uns und ich wusste, ab diesem Moment war ich abgeschrieben. Völlig überschwänglich überrumpelte Jenny mich mit der Idee, anschließend in das Café um die Ecke zu gehen, jedoch zu dritt. Ich musterte Eric und sagte mir, dass nach dem Angriff auf mein Gehör der Tag nicht noch schlimmer werden konnte und stimmte zähneknirschend zu. Was hatte Jenny vor? Weshalb strahlte Eric sie so an? Und verdammt - warum hatten sie mich vergessen?

»Hey, so wartet doch«, rief ich ihnen zu und lief hinterher. Gestern war so ein perfekter Tag gewesen. Wieso endeten solche tollen Momente immer in halben Katastrophen?

15. Abkühlung

Mittlerweile war es Hochsommer und der Juli präsentierte sich von seiner heißesten Seite. Ich ächzte unter der kaum zu ertragenden Temperatur in meiner kleinen Wohnung, die den über neununddreißig Grad draußen in nichts nachstand. Den Großteil des Tages hatte ich daher nach Luft japsend auf meinem Bett verbracht und mich vom Standventilator abkühlen lassen.

Gestern hatte ich mich von meinen Kolleginnen dazu überreden lassen in einer angesagten Bar etwas trinken zu gehen, doch allein die hohe Temperatur hatte den Abend zu einem Fiasko werden lassen. Unsere verschwitzten Arme und Beine waren permanent an dem Leder der Sitzecke festgeklebt und ein kleiner Schluck Alkohol hatte genügt, um uns wie Hühner gackern zu lassen. Die angeblich wasserfeste Schminke blieb nicht dort, wo sie sollte und unsere Haare hingen binnen kürzester Zeit durch die enorme Hitze in dem kleinen Raum wie Putzwolle an uns herunter. Wir sahen allesamt aus als seien wir tagelang durch eine Sandwüste geirrt, völlig dehydriert und dem Delirium nahe. Ich hatte es auf diesen Zustand geschoben, dass ich bei jedem blonden Schopf, der sich uns genähert hatte, panisch zusammengezuckt war, weil ich stets damit gerechnet hatte, Surfer-Boy zu sehen. Irgendwann hatte ich schließlich entnervt aufgege-

ben und war nach Hause gegangen, hatte eine eiskalte Dusche genommen und mich in mein Bett gekuschelt, wo ich den erlösenden Schlaf sehnsüchtig
begrüßt hatte. Denn schlafen hieß nicht
nachzudenken.

Die Zeit verging nur schleichend, doch endlich war
wieder Club-Samstag, ich konnte es kaum erwarten, O. zu sehen. Er hatte mir zwar jede Woche
einen weiteren absolut atemberaubenden Rosenstrauß zukommen lassen, doch sie waren nur ein
kleiner Trost, kein wirklicher Ersatz für seine
Nähe. Die letzten Wochen Wartezeit hatte ich mich
von Jenny ablenken lassen, an der ich inzwischen
eine deutliche Veränderung feststellen konnte.
Nachdem wir mit Eric in dieses Café gegangen waren, hatte sie es sich nicht nehmen lassen, mich
fortan von der Selbsthilfegruppe abzuholen. Der
heiße blonde Feger, der sie war, hatte für einige Un-
ruhen unter den Mitgliedern gesorgt, insbesondere
bei Sally, nachdem Will seine Augen nicht von Jenny hatte lassen können, das nahm ich jedenfalls an.
Wir hatten es uns zur Gewohnheit gemacht nach
der Selbsthilfegruppe noch zu dritt einen Kaffee
trinken zu gehen und ich beobachtete stets verstohlen das, was zwischen den beiden vorzugehen
schien. Sie hatten sich auf Anhieb verstanden und
waren sofort auf einer Wellenlänge gewesen, doch
es gab nie einen Annäherungsversuch von keiner
Seite. Jenny beteuerte permanent, wie glücklich sie
mit Rick sei, doch ich sah wie sie Eric anschaute,

wenn sie sich unbeobachtet fühlte. Er schmeichelte ihr und schien sie mit seiner charmanten Art um den Finger zu wickeln, doch er flirtete nicht mit ihr, was mich nahezu wahnsinnig machte. Nun wusste ich noch immer nicht, wie ich ihn einzuordnen hatte.

Ich versuchte, mein Leben möglichst so normal zu verbringen wie es vor O. gewesen war, bevor er sich in meinen Kopf genistet hatte und seitdem jeglichen Gedanken beherrschte. Jenny und ich waren sogar einmal in der Spätvorstellung eines gerade angesagten, romantischen Liebesfilmes gewesen, was keine sehr gute Idee gewesen war. In dem nicht klimatisierten Raum hatten Saunatemperaturen geherrscht und die Story war bereits am Anfang derart langweilig und vorhersehbar gewesen, dass wir beide innerhalb von fünfzehn Minuten eingeschlafen waren.

Es spielte keine Rolle, ob ich ins Kino ging, mich mit Kolleginnen auf einen Cocktail in einer Bar traf, oder den Abend einfach nur gemütlich zu Hause mit einem Buch verbrachte. Er war immer präsent, saß in meinem Kopf und veranlasste mich zu stundenlangen Grübeleien, so dass ich mir an manchen Tagen am liebsten die Haare gerauft hätte. Ich versuchte, die ewig gleichen, stumpfsinnigen Gedanken beiseitezuschieben und mich auf das bevorstehende Treffen zu konzentrieren.

Mein Verwöhnprogramm in der Badewanne hatte ich bereits hinter mir. Angesichts dieser Temperaturen hatte ich mir ein Eiswasserbad gegönnt, wodurch ich einem grauenvollen Hitzetod entfliehen konnte und nebenbei eine schöne, rosige Haut bekommen hatte. Erleichtert war ich in das grüne Kleid geschlüpft, froh darüber, dass ich nicht von zu viel und zu schwerem Stoff erdrückt wurde. Fragend sah ich mein Spiegelbild an, denn allzu glamourös wirkte das sommerliche, knielange Trägerkleid im Gegensatz zu seinen bisherigen Präsenten nicht. Ich hoffte daher, dass ich zwischen den anderen Gästen nicht unangenehm auffallen würde. Insgeheim hegte ich den Wunsch, dass der Butler mich auf der Stelle zu ihm führte und ich nicht wertvolle Zeit im Ballsaal vergeuden musste. Jede einzelne Sekunde, die ich mit O. verbringen durfte, war kostbar und ich lechzte förmlich danach.

Trotz der Klimaanlage in der Limousine hatte sich ein leichter Schweißfilm auf meiner Haut gebildet, der mir unangenehm war. Nachdem Gerard mich aus dem Auto delegiert hatte, wurde es nicht besser, da nicht das geringste Lüftchen wehte. Auch auf dem großen Anwesen herrschte völliger Lufttillstand und ich bemitleidete den Butler aus vollem Herzen dafür, dass er in seiner dicken Arbeitsmontur sicherlich kurz vor dem Kreislaufkollaps stand. In diesem Augenblick sehnte ich mich richtiggehend nach dem Whirlpool im Darkroom, der eine herrliche Erfrischung und Abkühlung gewesen wäre.
Als wir das Haus betraten, bemerkte ich sogleich, dass die Temperatur im Inneren angenehm gehal-

ten war. Mein Herz schlug schneller und ich hoffte inständig, dass ich wieder in die Kellerräume geleitet werden würde.

»Madame« fasste er sich kurz und tippelte tatsächlich den Gang zur Kellertreppe entlang. Fast hätte ich vor Freude gejubelt, besann mich jedoch im letzten Moment, da ich nicht den Unmut des Butlers auf mich ziehen wollte, der mich ohnehin mit permanenter Missgunst musterte. In dem Bestreben, ihm schnellst möglich hinterherzukommen, wäre ich fast über meine Füße gestolpert. Mit laut pochendem Herzen folgte ich ihm langsam die Treppe hinab und nahm zufrieden zur Kenntnis, dass die Hitze, welche das Land fest im Griff hatte, hier unten keinen Zugang gefunden hatte. Es schien, als gleite ich in eine fremde, einzigartige Welt hinüber. In gewisser Weise stimmte das auch, jeder Besuch im Club war ein Abenteuer in einer mir fremden Welt.

Nervös blieb ich neben ihm stehen und starrte auf die verschlossene Tür vor mir. War es dieselbe wie beim letzten Mal? Sie sahen alle gleich aus, selbst wenn ich mich anstrengte, ich konnte es nicht sagen. Meine Gedanken schweiften ohnehin beständig ab, liebkosten bereits O´s Körper und zeigten mir auf, was mich erwartete. Mein Puls beschleunigte sich und angespannt wartete ich darauf, dass Gerard mich einließ. Ohne eine Miene zu verziehen, legte er mir die Augenbinde an und ich versuchte, die aufsteigende Enttäuschung darüber zu unterdrücken. Bye bye Whirlpool und bye bye vage Hoffnung O. endlich sehen zu dürfen.

Auch der Raum, in den ich nun eintrat, war angenehm kühl, doch mein Körper war derart überhitzt, wofür momentan wohl eher meine Libido zuständig war, als die sommerlichen Temperaturen, dass ich mich regelrecht nach einer Abkühlung sehnte.

Die anschließende Stille, nachdem ich alleine zurückgelassen worden war, zehrte zusätzlich an meinen Nerven. Plötzlich spürte ich seine Anwesenheit direkt hinter mir. Er war hier.

»Du bist mir noch eine Antwort schuldig«, flüsterte er in mein Ohr, wobei seine Arme sich um mich schlangen. Verdammt, er hatte es nicht vergessen. Vier Wochen hatte ich Bedenkzeit gehabt und war trotzdem nicht zu einem Ergebnis gekommen, das ich ihm hätte präsentieren können. Die Wahrheit war bereits beim letzten Mal deutlich gewesen, doch ich sträubte mich dagegen, es laut auszusprechen. Natürlich hatte ich ihn vermisst, mehr noch als er vermutlich annahm.

»Danke für die wundervollen Rosen«, sagte ich stattdessen und hoffte ihn von seinen Gedanken abzubringen.

»Sie haben dir also gefallen?«

»Ich war sprachlos.«

»Das hört man nicht oft von einer Frau«, erwiderte er schmunzelnd, entließ mich aus seiner Umarmung und zog mich mit sich. »Folge mir«, tönte seine sinnliche Stimme und es gab in diesem Moment nichts, das ich lieber getan hätte. Dann blieb er stehen und mein Fuß stieß an etwas Weiches. Wieder befand er sich hinter mir, seine Finger berührten sanft meine Schultern und mit einer flüchtigen Bewegung streifte er mir die Träger des Kleides hinunter, aus welchem er mich anschließend langsam schälte, bis es zu Boden glitt. Ich hörte wie er tief durchatmete und wartete auf eine Berührung, auf irgendwas, doch nichts geschah. Ich wurde immer nervöser.

»Knie dich hin«, befahl er mir anschließend und zögerlich kam ich seinem Wunsch nach. Lief der heutige Abend wieder auf eine Bestrafung hinaus? Panisch durchforstete ich mein Gehirn nach einem Fehler, den ich eventuell begangen hatte, doch ich war mir sicher, nichts verbrochen zu haben. Meine Knie sackten in den weichen Untergrund ein und irritiert betastete ich den Gegenstand, auf dem ich mich befand. Eine Matratze?

»Leg dich auf den Rücken«, fuhr er fort und ich tat, wie mir geheißen wurde. Dann hörte ich ein blechernes Geräusch, als ob etwas in einer Metallschüssel schabte. Was um Himmels willen hatte er vor?

Ich spürte, wie die Matratze unter seinem Gewicht neben mir nachgab und im nächsten Moment erschrak ich zu Tode, als eiskalte Tropfen direkt auf mein Dekolleté herabfielen und mich entsetzt nach Luft schnappen ließen.

»Entspann dich Chérie«, beschwichtigte er und sogleich berührte etwas sehr kaltes meinen Arm. *Eiswürfel* schoss es mir durch den Kopf und beinahe hätte ich auf Grund dieser Wohltat an solch einem heißen Tag geschnurrt.

»Bedeutet dein verzückter Gesichtsausdruck, dass dir meine Idee gefällt?« Langsam ließ er den Eiswürfel an der Innenseite meines Arms hinabgleiten. All meine Sinne waren sogleich angesprungen, hießen die prickelnden Schauer willkommen, welche das Eis verursachte. Mein überhitzter Körper reagierte mit einer wohligen Gänsehaut, als das kühle Nass langsam wieder zurückgestrichen wurde und an meinem Hals verharrte. Ich fühlte, wie er sich über mich beugte und den Eiswürfel an der empfindlichen Haut hinter meinem Ohr entlang strich. Ein Zittern fuhr durch mich hindurch und ließ mich aufstöhnen. Mein glühender Körper löste den Würfel rasch in seinen ursprünglichen Zustand auf, der direkt von einem neuen ersetzt wurde. Er benetzte den Ansatz meiner Brüste und mein Atem beschleunigte sich voll freudiger Erwartung. Einige kühle Tropfen rannen meinen Bauch hinab, kitzelten mich und forderten meine Nervenenden heraus, die inzwischen auf jede noch so kleine Berührung mit einem kräftigen Impuls reagierten, den sie auf direktem Weg in meinen Unterleib schickten.

Meine Knospen hatten sich längst aufgerichtet und zogen sich empfindlich zusammen, sobald das Eis sie umgarnte. Er neckte sie spielerisch, umkreiste sie mit dem Eiswürfel, nur um direkt danach länger auf ihnen zu verharren. Der süße Kälteschmerz fachte meine Begierde mehr an, ich bog meinen

Rücken durch, bot mich ihm dar, doch ich hörte ihn nur leise auflachen. Noch würde er mir keine Gnade schenken, das wusste ich jetzt. Es war mir jedoch nicht mehr möglich meine Erregung zu verbergen, so keuchte ich unter jeder seiner Berührungen laut auf, meine Hände suchten ihn, fanden erhitzte Haut und krallten sich an ihm fest.

Immer wieder hörte ich das blecherne Geräusch, dann, wenn er einen neuen Eiswürfel aus dem Behälter holte. Hitzewallungen und Kälteschauer wechselten sich in meinem Inneren ab und trieben mich bereis jetzt in den Wahnsinn. Sobald er meine Brustwarzen bis aufs Äußerste gereizt hatte, beugte er sich hinab, zog sie tief in seinen Mund und saugte genüsslich an ihnen. Ich wand mich unter seiner Zuwendung, gierte nach mehr und endlich wanderte das Eis weiter. Er umkreiste meinen Bauchnabel, hielt das gefrorene Nass darüber und jeder kalte Tropfen, der hineinfiel, jagte mir einen neuerlichen Schauer den Rücken hinab.

Mein Herz hämmerte inzwischen mit mächtigen Schlägen gegen meine Brust, die Endorphine, die in mir tobten, wollten ihn mit Haut und Haaren verschlingen. Dann verlagerte er sein Gewicht, spreizte meine Beine und platzierte sich dazwischen. Beinahe hätte ich enttäuscht gewimmert, da sein köstlicher Körper dadurch meinen Fingern entronnen war. Im nächsten Moment löschte der Eiswürfel jedoch jegliche anderweitigen Gedanken in Nichts auf, als er an meiner Leiste entlang fuhr und über die Innenseite meiner Oberschenkel wieder hinauf.

Meine Beine zitterten und ich musste an mich halten, nicht um Erleichterung zu flehen.

Und dann, endlich, berührte die köstliche Kälte meinen angeschwollenen Kern. Ich schrie auf und hörte deutlich, wie auch er aufstöhnte, während er den Eiswürfel mit langsam kreisenden Bewegungen schmelzen ließ. Er holte den Nächsten und ließ ihn durch meine feuchte Hitze gleiten.

»Oh Gott Lexi, du bist so wundervoll bereit«, raunte er, dann schob er den verbliebenen Eiswürfel in mich, beugte sich im gleichen Moment vor und ließ seine Zunge über meinen pochenden Kitzler fahren. Das war zu viel für meine Sinne, keuchend wand ich mich unter ihm. Sein heißer Mund war ein derartiger Kontrast zu dem Eis, dass jede Berührung einem kleinen Stromschlag gleichkam. Ich spürte den Würfel in mir, die Kälte war nicht schmerzhaft, rief jedoch Empfindungen in mir wach, die mir neu waren. Mein gesamter Unterleib wurde von heißen und kalten Schauern geschüttelt, die mich sämtliche Zurückhaltung vergessen ließen. Ich krallte mich in seinen Haaren fest, spornte ihn mit Worten an, die mir im Nachhinein die Schamesröte ins Gesicht getrieben hatten. Aber in diesem Augenblick war es mir egal, ich wollte ihn wie ich noch nie jemanden zuvor gewollt hatte und genau das teilte ich ihm wimmernd und flehend mit.

»Du machst mich fertig«, hörte ich ihn mühsam hervorpressen, dann setzte er sich auf, packte meine Hüften, zog mich an sich und legte meine Beine über seine Schultern. Ich hatte damit gerechnet, dass er schnell in mich dringen würde, doch er ließ sich dabei Zeit, kostete diesen einzigartigen Moment bis aufs Letzte aus. Nie zuvor hatte ich mir so sehr gewünscht, die dämliche Augenbinde nicht mehr tragen zu müssen, denn ich hätte alles gegeben, um seinen Gesichtsausdruck in diesem Augenblick zu sehen. Ich wollte wissen, ob er das Gleiche empfand, wie ich, wollte mir diesen Moment einprägen, um ihn immer wieder abrufen zu können. Mir blieben jedoch nur meine anderen Sinne und so konzentrierte ich mich auf seinen Atem, sog jedes heißere Stöhnen in mich auf und gab mich der Illusion hin, dass wir etwas Seltenes miteinander teilten, wenn wir zusammen schliefen. Dass er diesen magischen Moment ebenso spürte wie ich. Ich wusste, dass es nicht sein konnte, doch heute war es mein Märchen, das nur für mich wahr geworden war.

Während er tiefer in mich glitt und mich ganz ausfüllte, keuchte er hervor, dass er die Nachwirkungen des Eiswürfels spüren konnte, die sich kühl um seine Erektion legte. Langsam ließ er sich auf mich sinken, meine Beine, die sich noch immer über seinen Schultern befanden, pressten sich an mich. Er umklammerte sie, hielt sie fest, hob meinen Hintern an, so dass ich ihn intensiver spüren konnte. Automatisch klammerten sich meine Arme an seinem Nacken fest, wollten ihn zu mir ziehen, um ihn zu küssen und wehmütig kam mir in den Sinn, dass dies nie passieren würde. Seine nächste Bewegung riss mich aus meinen Gedanken und ich presste mich gegen ihn, um ihn erneut aufzunehmen. Dann brachte er seine Hand zwischen unsere schwitzenden Körper, fachte erneut an, was seine Zunge zuvor begonnen hatte. Das war zu viel, ich bäumte mich unter ihm auf, als die Wellen langsam heranbrandeten und meine Fingernägel krallten sich in seinen Rücken. Immer schneller folgten seine Bewegungen nun, bis auch sein Körper zu beben begann. Die tosende Gischt fegte über mich hinfort, zog mich in ihren Sog und vernichtete mich. Im selben Moment schrie auch er auf, bohrte seine Finger tiefer in meine Hüfte und zuckte unter jeder meiner Kontraktionen zusammen.

Ich weiß nicht, wie lange ich dieses einmalige Gefühl der seligen Losgelöstheit genossen hatte, doch irgendwann hatte er meine Beine von seinen Schultern geschoben und sich zu mir gelegt. Er zog mich in seine Arme, umschlang meinen Körper und hielt mich einfach nur fest. Ich tastete nach seinem Gesicht, um es sanft zu streicheln und bemerkte, dass ihm kleine Schweißperlen von der Stirn auf die Wangen tropften. Ich lächelte versonnen und verspürte doch einen kleinen Stich in meinem Herzen. Könnte ich ihm doch nur in seine Augen sehen und darin lesen.

Zärtlich strichen seine Finger über meine Arme hinauf zu meinem Kinn, bis sie schließlich meine Lippen liebkosten. Dort verharrte er, als müsste er über etwas nachdenken.

»Du bist nicht nur wunderschön, sondern auch einzigartig.« Dann beugte er sich vor, berührte mit sei-

nem Mund jedoch wieder nur flüchtig meine Lippen.

»Es gibt Grenzen, die nicht wieder aufgebaut werden können, wenn sie erst einmal niedergerissen
worden sind«, flüsterte er an meinem Mund. In diesem Augenblick wusste ich nicht, was er mir damit
hatte sagen wollen, doch ich wusste eines: Meine
Grenzwälle lagen längst in Schutt und Asche, tief
vergraben unter all meiner Vernunft, für immer
zerstört, unwiderruflich vernichtet. Deshalb sehnte
ich mich nach diesem Kuss, ich verzehrte mich danach, doch auch an diesem Abend wurde mir dieses Vergnügen nicht gewährt und so blieb mir
nichts weiter als die Hoffnung.

16. Neue Wege

Eine Woche war seit dem letzten Treffen vergangen und die Temperaturen hatten sich nur mäßig gelegt, ebenso wie mein Verlangen. Ich kam gerade aus der Kantine, in der ich kaum einen Bissen heruntergebracht hatte, weil es viel zu warm zum Essen war. Dafür hatte Jenny überraschenderweise über ihre Beziehung gesprochen. Das tat sie natürlich öfter, was mich jedoch gewundert hatte, war, dass sie mir gegenüber zum ersten Mal nicht so getan hatte, als wäre alles blendend. Sie erzählte mir, dass Rick sich in den letzten Wochen immer mehr von ihr distanziert hatte, nicht nur sexuell, wie ich ja wusste, nun auch zwischenmenschlich. Dass sie nicht mehr darauf beharrte, dass in ihrer Beziehung alles in Ordnung sei, gab mir zu denken. Sicher, sie waren seit der Schulzeit ein Paar und viele Jahre schon zusammen, hatten ihre gemeinsame Zukunft minutiös geplant. Ich fragte mich jedoch, ob Gewohnheit tatsächlich ein Grund sein sollte, in einer Beziehung zu bleiben, die keinen von beiden mehr glücklich zu machen schien.

Seufzend zwang ich mich auf dem Weg zurück in mein Büro zu anderen Gedanken. Was wusste ich schon von Beziehungen? Auf diesem Gebiet war ich ein Versager auf ganzer Linie. Ich hatte mich daher mit wohlmeinenden Ratschlägen zurückgehalten und Jenny lediglich gesagt, dass sie auf ihr Herz hören sollte, denn meistens wusste dieses noch vor dem nüchternen Verstand, was es tatsächlich brauchte. Während ich auf den Fahrstuhl wartete, fuhr es mir kalt den Rücken hinab. War ich nicht das Paradebeispiel darin, das Herz zu ignorieren?

Als ich in mein Büro ging, hing ich abwesend diesem Gedanken nach und achtete nicht einmal auf den neuen Strauß, den ich einen Tag zuvor, wie seither jeden Montag, von O. bekommen hatte. Daher sah ich erst in dem Moment, als ich mich an meinen Schreibtisch setzte, das Päckchen, welches darauf lag. Ich wusste sofort, dass es von ihm war, denn ich kannte den goldfarbenen Karton nur zu gut, auch wenn er dieses Mal kleiner war. Stirnrunzelnd sah ich auf das Präsent. Für ein Kleid war das definitiv die falsche Größe und der falsche Zeitpunkt. Langsam hob ich den Deckel ab und konnte nicht verhindern, dass mein Puls sich beschleunigte. Ein Handy?

Staunend besah ich mir das schicke Smartphone von allen Seiten, was hatte das zu bedeuten? Schickte er mir nun etwa teure Geschenke als Gegenleistung für Sex? Natürlich bekam ich jeden vierten Samstag ein wundervolles Abendkleid von ihm, doch dies hatte ich bisher nie als Bezahlung gesehen, vielmehr als Versuch, mich seinen Gästen im Club anzupassen. Ich erstarrte und bekam kaum noch Luft. Sah er mich wirklich so? Als bessere Hure? Ich schluckte schwer und wollte das Handy gerade wütend in den Karton zurückwerfen, als ich die Nachricht sah, die sich unter dem Smartphone befunden hatte.

Kein Geschenk, nur ein Weg. - O.

Ich blinzelte mehrmals, als ich die kryptischen Worte zu entziffern versuchte. *Kein Geschenk, nur ein Weg.* Und woher hatte er bitte gewusst, dass ich das nicht gutgeheißen hätte? Seine Nachricht ließ mich schmunzeln, denn wie es aussah, kannte mein unbekannter Fremder mich besser als ich gedacht hatte.

In diesem Moment klingelte mein neues Handy und ich ließ es vor Schreck auf den Schreibtisch fallen. Dann erkannte ich die Melodie und konnte mir ein Grinsen nicht verkneifen. Er hatte für seine eingehenden Nachrichten den „Sex and the City" Klingelton gewählt. Kopfschüttelnd las ich seine SMS.

»Vier Wochen sind nicht mehr akzeptabel. Ich hoffe, du nimmst meinen Versuch an, zwischen den Treffen miteinander kommunizieren zu können.«

Ungläubig starrte ich auf die Buchstaben, in meinem Kopf rasten die Möglichkeiten nur so dahin. Alles, was ich dann schrieb, war jedoch nur: *»O.?«*

»Gibt es denn viele Männer, mit denen du dich alle vier Wochen triffst?«

Ich schmunzelte, während ich zurückschrieb: *»Sie stehen quasi Schlange.«*

Es fühlte sich merkwürdig an, mit ihm zu schreiben. Irgendwie vertraut, doch auch neu und fremd. Ich kannte ihn seit nahezu einem halben Jahr, hatte den besten Sex meines Lebens mit ihm gehabt, doch tatsächlich wusste ich nichts über ihn. Weder wie er aussah, noch wer er war. Und der Kontakt hatte sich bisher nur auf den Club beschränkt. Oh man, das ließ mich ja in einem tollen Licht erscheinen.

»Ist das so? Dann werde ich mir die Konkurrenz wohl genauer betrachten müssen. Leider habe ich nun Verpflichtungen, ich lasse später von mir hören. O.«

Ein leichtes Kribbeln machte sich in meiner Magengegend breit. Andere Männer sah er also als Konkurrenz? Auch wenn ich wollte, ich konnte nicht verhindern, dass ich anfing zu strahlen wie ein Honigkuchenpferd, während ich auf mein neues Handy sah. Zum Glück konnte er mich in diesem Augenblick nicht sehen, dieser dümmliche Gesichtsausdruck würde ihn sicherlich zum Fürchten bringen.

O.

Als ich sah, wie sie auf meine letzte Nachricht reagierte, konnte ich nicht aufhören ihr bezauberndes Lachen anzustarren. Es fühlte sich merkwürdig an, mit ihr zu schreiben, unser sexuelles Arrangement auf eine andere Ebene zu bringen, doch gleichzeitig fühlte es sich auch richtig an. Sie war mehr als nur ein Vergnügen im Club. Sie faszinierte mich, zog mich magisch an und der Sex war nicht von dieser Welt. Ich wusste nicht, wie sie es anstellte, doch sie verzauberte mich bei jedem Treffen mehr. Hatte ich zuvor nie mehrmals mit ein und derselben Frau geschlafen, so saß ich nun hier und verschlang ihr Abbild auf dem Bildschirm, weil ich nicht genug von ihr bekommen konnte.

Die Besprechung, zu der ich nun leider musste, war mir ein Dorn im Auge, denn ich hätte gerne noch mehr von ihr erfahren. Aber dafür war anschließend noch genug Zeit. Außerdem verbrachte sie den Spätnachmittag ohnehin in der Selbsthilfegruppe und ich konnte sie endlich wieder sehen. Es Woche für Woche zu diesen bekloppten Irren zu schaffen, nur um Lexi zu begegnen, kostete mich einiges an Überwindung, aber es lohnte sich jedes Mal.

Lexi

Die unerwartete Überraschung, die meinen Tag versüßt hatte, sorgte auch in der Selbsthilfegruppe noch dafür, dass ich vor mich hin lächelte und glücklich war. Ob er sich heute Abend meldete? Zum wiederholten Male kramte ich das neue Handy hervor, blickte auf ein leeres Display und seufzte entmutigt auf. Keine Nachricht von ihm. Um mich abzulenken, schaute ich in die Runde und war dankbar, dass Eric sich mit Sally unterhielt und mich mit seinen Sprüchen verschonte. Es schienen alle da zu sein, nur Jacob fehlte. Sicherlich war er wieder mit irgendwelchen bescheuerten Aufgaben für uns beschäftigt. Angewidert verzog ich den Mund und schwor mir, wie jedes Mal, dass ich heute zum letzten Mal hier sei. Mir war jedoch klar, dass ich nicht auf mich hören würde.

Bevor meine Gedanken wieder in die übliche Eric-Raul-Schleife abschweifen konnten, fiel mir etwas anderes ein. O. wusste einiges über mich, wo ich arbeitete und wie mein zweiter Vorname lautete, selbst Dinge, die ich ihm im Club nie erzählt hatte. Dann kam mir eine Idee. Wenn es Raul oder Eric oder - Gott behüte - jemand anderes aus der Gruppe wäre, dann hätte er mir heute eine todsichere Methode geschenkt, wie ich das herausbekäme. Aufgeregt griff ich in meine Handtasche, ließ das Handy jedoch darin liegen, um nicht überflüssige Aufmerksamkeit auf mich zu lenken. Ich wählte die einzige Nummer an, die darin gespeichert war, und blickte nervös auf. Wenn einer von ihnen O. war, dann müsste jeden Moment ein Handy läuten. Ich bemerkte erst, wie aufgeregt ich war, als ich meinen angehaltenen Atem ausstieß und meine zitternden Finger zu beruhigen versuchte. Die Sekunden kamen mir plötzlich wie eine Ewigkeit vor, die sich quälend langsam zog wie Kaugummi - doch nichts geschah. Ich ließ es einfach weiterläuten, aber keiner der Anwesenden zeigte auch nur die geringste Reaktion. Entsetzt wurde mir klar, dass ich mit meiner Vermutung die ganze Zeit daneben gelegen haben könnte. Möglicherweise war O. kein

Mitglied in dieser Gruppe und das würde bedeuten, dass Eric nicht in Frage käme. Ebenso wenig Raul. Im Moment wusste ich nicht, ob ich deswegen lachen oder weinen sollte, und hielt mich an dem winzigen Hoffnungsschimmer fest, dass das entsprechende Handy auch einfach nur auf stumm oder ausgeschaltet hätte sein können.

Dann kam Jacob herein und strahlte derart pure Lebensfreude aus, dass ich beschloss künftig eine dieser Spucktüten mitzunehmen, wie es sie in Flugzeugen gab. Nur zur Sicherheit.

»Wundervoll, alle meine Schäfchen sind wieder zusammengekommen, ach was freue ich mich über euch«, unterbrach Jacob jeden weiteren Gedanken. Misstrauisch beobachtete ich ihn und sein aufgeregtes Getänzel und bekam Angst, dass er wieder etwas Peinliches ausgeheckt hatte.

»Heute möchte ich euch etwas über die richtige Kommunikation beibringen.« Er sah uns allen der Reihe nach tief und viel zu lange in die Augen und ich bemerkte, wie mein rechtes plötzlich nervös zu zucken begann. Ich fühlte mich auf eine äußerst unschöne Weise bedrängt von diesem Blick, der irgendwie total unheimlich war. Seine Augen wirkten leicht glasig, als ob er bekifft war. Nicht, dass ich wüsste, wie man sich dann fühlte, aber es würde einiges - nein, eigentlich alles erklären.

»Ich möchte, dass ihr gewappnet seid, für all die Sünden, die dort draußen auf euch lauern. Versuchungen drohen überall, und sie nehmen die unterschiedlichsten Formen an«, sagte er in einem Ton, als ob er gerade Gruselgeschichten am Lagerfeuer erzählen würde.

»Ich möchte euch lehren, wie ihr euch schützen könnt, wie ihr nicht in den Sog der Hölle gezogen werdet.« Er sah so ernst dabei aus, das stimmte mich beinahe traurig, denn ich wusste, dass er wirklich jedes Wort von dem glaubte, was er erzählte.

»Gemeinsam sind wir stark«, schrie er mit erhobenen Fäusten die Decke an und forderte uns auf, es ihm gleich zu tun. Oh Gott, Sallys Titten fielen beinahe aus ihrem knappen Ausschnitt heraus, als sie die Arme in die Luft riss und ich sah Jacob nahezu wieder nach Luft japsend auf dem Boden liegen und zehn Vaterunser beten.

»Lexi komm bitte zu mir.« Ich erstarrte zur Salzsäule und wünschte mir erneut ein Mauseloch, besser noch diesen Umhang, der einen unsichtbar werden ließ. Man, dafür würde ich jetzt wirklich meine Seele geben.

»Lexi?« Genervt sah er mich an, eine Hand an der Hüfte abgestützt, mit der anderen schnippte er permanent in der Luft. Langsam stand ich auf und schlurfte zu ihm, als würde ich zu meiner eigenen Hinrichtung gehen.

»Du meine Güte, geht das ein bisschen schneller? Ich bin keine zwanzig mehr«, sagte er empört und schnippte weiter drauf los. Was hätte ich jetzt für eine Axt gegeben. Seufzend stellte ich mich neben ihn, bereit mein Schicksal anzunehmen.

»Ich werde jetzt eine typische Situation nachspielen, wie die Verlockung zur dunklen Seite aussehen könnte. Ich gebe dir gleich eine Notiz, auf der ich die einzig akzeptable Antwort auf diesen frevelhaften Versuch notiert habe. Ich möchte, dass du diese Antwort bitte laut und deutlich vorträgst, damit all meine Schäfchen wissen, wie sie sich davor retten können.« Ich musste ihn wohl ziemlich planlos angesehen haben. »Hast du das verstanden?«, hakte er daher noch einmal nach.

»Alles klar. Sünde abwehren. Nicht zur dunklen Seite der Macht wechseln. Verstanden junger Padawan.« Aus den Augenwinkeln sah ich Erics Grinsen und biss die Zähne zusammen.

»Lexi, das ist nicht komisch«, herrschte Jacob mich an und ich hob beschwichtigend die Hände. Dann gab er mir seine Notiz mit der Antwort, an der ich mich regelrecht festklammerte und ich wartete auf das, was sogleich über mich kommen würde.

Nachdem ich ihm signalisiert hatte, dass es losgehen konnte, kam er plötzlich auf mich zu und baute sich direkt vor mir auf.

Es gibt da so eine Sache, über die ich mal etwas gelesen habe. Über den Privatsphärenbereich, wie nahe man Menschen bei Unterhaltungen an sich herantreten lässt. Jacob hatte definitiv gerade sämtliche unsichtbare Grenzen überschritten. Er hampelte ein wenig vor mir rum, ich konnte beim Sprechen seinen fahlen Atem riechen und hielt in kurzen Abständen immer wieder die Luft an.

»Hey Baby, ist das nicht eine coole Bar?«, begann er seine Nummer und langsam dämmerte mir, dass er eine Anmache imitierte. »Ich habe dich schon den ganzen Abend beobachtet und finde dich einfach heiß. Hast du Lust ein bisschen rumzumachen? Ich will dich nackt unter mir sehen und deine Verzückungsschreie hören, wenn ich dich pfähle.«

Fassungslos sah ich ihn an. Das konnte nicht sein Ernst sein? War er jemals aus gewesen? Hatte er nur den Hauch einer Ahnung, wie man Frauen ansprach? Oder auch Männer. Pfählen? Hielt er sich für Dracula?

Er signalisierte mir, dass nun mein Teil dieser schaurigen Vorstellung kam, also öffnete ich die Notiz und starrte entgeistert auf das, was dort geschrieben stand. Ernsthaft jetzt? So sah seine Vorstellung davon aus, wie man dem sündigen Höllenfeuer entging? »Lexi, worauf wartest du denn noch?«, zischte er mir zu und ich musste mich mehrmals räuspern, um die Antwort hervorzubringen.

Ich riss mich zusammen, vergewisserte mich noch einmal, was auf der Notiz stand und las die Antwort laut und deutlich vor: »Nein!«

Es herrschte absolute Stille unter den Mitgliedern, und als ich in die Runde sah, stellte ich fest, dass Eric uns ungläubig anschaute. Ja, das konnte ich durchaus nachvollziehen. Plötzlich stand Micha mit einem Ruck auf und fing an, so kräftig in die Hände zu klatschen, dass es mir allein beim Zuschauen wehtat.

»Bravo!«, rief er immer wieder. Ich hatte ihn noch nie so euphorisch erlebt. Jacob, der den etwas einseitigen, phrenetischen Jubel in vollen Zügen genoss, verbeugte sich freudenstrahlend vor den anderen, während ich fassungslos danebenstand. Vielleicht war das hier meine Schicksalsversion von versteckter Kamera?

»Und das meine Schäfchen ist der einzig richtige Weg, sich den ständigen Versuchungen zu widersetzen«, setzte Jacob zufrieden und stolz an. »Ihr könnt alles schaffen, wenn ihr lernt, nein zu sagen.« Dann sah er mich an und nahm meine Hände. »Lexi, ganz besonders du solltest deine Hausaufgaben machen.« Ich musste mich nicht umdrehen, um zu wissen, dass das Glucksen hinter mir von Eric kam.

Ich sehnte mich mit einer nie zuvor gekannten Intensität nach dem Ende der Stunde, dass ich sogar liebend gerne die Gesellschaft von Eric in Kauf nahm, falls er Jenny und mich wieder auf einen Kaffee einladen würde, sobald wir aus diesem Alptraum hier rauskämen.

17. Guten Morgen

An diesem Tag hatte ich mich nicht mehr bei Lexi gemeldet, auch wenn es mir schwergefallen war. Sie hatte angenommen, ich wäre nicht umsichtig genug gewesen, das Handy in der Gruppe auszuschalten. Es hatte mich viel Selbstbeherrschung gekostet, mich nicht durch ein zufriedenes Grinsen zu verraten. Selbstverständlich war es lautlos gewesen. Als es in meiner Hose vibrierte, hatte ein Blick zu ihr genügt, um zu wissen, wer der Anrufer war. Auch wenn ich mich damit selbst bestraft hatte, so ließ ich sie die nächsten Tage zappeln.

Dann wachte ich samstags aus einem sehr intensiven Traum über Lexi auf, in dem ich stundenlang ihre samtweiche Haut hatte kosten dürfen. Wir hatten uns darin bis zur vollkommenen Erschöpfung geliebt, bis ihr schweißgebadeter Körper über mir zusammengebrochen war. Ich hatte sogar ihren einzigartigen, blumigen Duft gerochen, der sich um mich geschmiegt und mir die Sinne geraubt hatte. Und dann hatte ich sie geküsst. Allein die Erinnerung an diese Stelle des Traums ließ mich aufstöhnen. Obwohl ich ihre Lippen in Wahrheit nie gekostet hatte, brachten sie mich in dieser Nacht um den Verstand.

Da lag ich nun, gefangen im Nachhall von nicht realen Empfindungen und mit einem Ständer, der nicht daran dachte zu verschwinden. Also kümmerte ich mich um ihn, und während ich mir Erleichterung verschaffte, schloss ich die Augen und stellte mir vor, dass es Lexis sündige Lippen seien, die sich um ihn schlossen, ihn tief in sich aufnahmen. Dieser Gedanke genügte nach der vergangenen Nacht, um jegliche Beherrschung zu verlieren und als ich kam, bedauerte ich zutiefst, dass es nur Wunschdenken war.

Dieses lästige Gefühl der Niedergeschlagenheit wollte den gesamten Vormittag nicht vergehen. Ich fühlte mich unvollständig und sehnte mich nach ihrer Gesellschaft. Diese seltsamen neuen Empfindungen waren es schließlich, die mich zähneknirschend dazu brachten, mich bei ihr zu melden. Ich wollte wissen, was zur Hölle gerade mit mir geschah.

Lexi

Selig schlummerte ich den Schlaf der Gerechten, als mich die Titelmelodie von „Sex and the City" aus meinen Träumen riss. Erschrocken fuhr ich zusammen und war im ersten Moment völlig orientierungslos. Ich griff nach meinem Handy, doch das war natürlich das falsche. Müde rieb ich meine Augen, um besser sehen zu können und fand das neue Smartphone auf dem Boden liegend. Ups, da hatte ich es doch glatt hinuntergeworfen. Sobald es mir in mein schlaftrunkenes Hirn dämmerte, dass es die sehnsüchtig erwartete Nachricht von O. sein musste, war ich jedoch hellwach. Der Mistkerl hatte sein Versprechen nicht gehalten und sich die gesamte Woche nicht mehr gemeldet. Mein Stolz hatte mir verboten, zuerst zu schreiben und dann war ich zu einer dieser Frauen geworden, die im Zehn-Sekunden-Takt auf ihr Handy starrten, als ob sich der Angebetete durch die Kraft der Gedanken melden würde. Plötzlich konnte ich die Nachricht nicht schnell genug lesen.

»Guten Morgen Chérie, ich habe gerade an dich gedacht.«

Der Kloß in meinem Hals, der sich plötzlich gebildet hatte, war ziemlich penetrant und nicht wegzukriegen. Warum war ich auf einmal so aufgeregt?

»Guten Morgen, ich hoffe, nur Gutes?«, tippte ich zurück und versuchte mir vorzustellen, was er gerade tat. Ob er auch noch im Bett lag und eben erst aufgewacht war? Ohne es zu wollen, schob sich ein Bild in meinen Kopf, wie sein sündiger Körper sich zwischen zerwühlten Laken räkelte und dabei beste Sicht auf sein wohlgeformtes Hinterteil gewährte. Die Vorstellung, dass er mir aus halb geschlossenen Lidern unter seinem verwuschelten Haar zulächelte, zog den Knoten in meinem Magen enger und verursachte mir leichte Atemprobleme. Ich wusste nicht einmal, ob er kurzes oder längeres Haar hatte, welche Farbe es hatte oder wie seine Augen aussahen und ob sein Körper tatsächlich so

heiß wie in meiner Vorstellung war, aber meinem Verstand war diese Tatsache momentan herzlich egal.

»Selbstverständlich nur Gutes. Du warst selbst in meiner Vorstellung magnifique, Chérie.«

Okay? Ich musste es zwei Mal lesen, bis ich verstand. Großer Gott, er dachte an mich, wenn er es sich besorgte? Auf einmal war ich so hellwach wie meine Libido, die Vorstellung machte mich tatsächlich scharf.

»Mhhh, dazu würde ich jetzt nicht nein sagen.« Ich hielt angespannt die Luft an, weil ich nicht wusste, wie er reagieren würde.

»Das ist nicht fair, mich heißzumachen, ohne dass du hier bist.«

»Verklag mich ;)«

»Ich wüsste etwas viel Besseres.«

»Ach ja?« Ein heftiges Prickeln hatte mich erfasst, Vorfreude, Erregung, ich konnte es nicht definieren, denn meine Libido schrie viel zu laut um Beachtung.

»Ich stelle mir vor, dass die vier Wochen endlich vorbei sind und ich dich wieder verwöhnen kann. Schmecken. Berühren. In dir sein.«

Ein kleiner Stromschlag fuhr durch meinen Magen und automatisch wanderte meine freie Hand unter mein Schlafshirt und begann meine aufgerichteten Brustwarzen zu streicheln. Wie war es nur möglich, dass ein paar simple Worte ausreichten, um mich derart wuschig zu machen? Unruhig begann ich, meine Beine zusammenzupressen, um dem Drang zu widerstehen, es mir auf der Stelle selbst zu machen, was ehrlich gesagt nicht so einfach war, wenn man nebenbei noch Nachrichten schreiben musste.

»Mehr.«

»Ist da etwa jemand scharf?«

»Oh ja.«

»Sag mir, wie feucht du bist.«

Ich schluckte schwer, als ich eine Hand langsam in mein Höschen schob, wo mich die Erregung bereits warm und nass willkommen hieß.

»Ich will, dass du dich streichelst und dabei an mich denkst.«

»Ich stelle mir vor, wie du zwischen meinen Schenkeln kniest und deine Zunge anstatt meiner Finger mich verwöhnt.«

»Zut alors! Du machst mich fertig.«

Mein Atem ging schwer und mit geschlossenen Augen ließ ich mich von meiner Fantasie davontragen, während ich mich selbst auf den Höhepunkt zusteuerte. Das Tippen funktionierte kaum noch, ich war zu sehr in meiner Leidenschaft gefangen, um noch viel wahrzunehmen.

»Denkst du auch an mich?«, brachte ich noch zustande.

»Unentwegt.«

»Gleich ...« Das Bild von O., wie er seine Erektion in der Hand hielt und an mich dachte, während die Erregung ihn übermannte, war zu viel für mich. Als die erste Welle mich packte, schrie ich vor Überraschung auf, so heftig war es allein noch nie gewesen. Dann setzte nach und nach mein Verstand wie-

der ein und ich lächelte versonnen. Genau genommen war ich nicht wirklich allein gewesen. Ich wartete, bis ich wieder genug Luft bekam und suchte das Handy, das ich im Rausch irgendwo hatte fallen lassen, und schrieb ihm: *»Wow das war ... wow.«*
»Unglaublich.«
»Jetzt Kaffee?«
»Gute Idee.«
Dann setzte ich einen frischen Kaffee auf, und während ich den unwiderstehlichen Geruch tief in mich aufsog, der sich langsam in meiner Küche breitmachte, schrieb ich noch eine Weile mit O. Fast war es so, als wäre er wirklich bei mir gewesen, als würden wir nach einem fantastischen Guten-Morgen-Sex ein gemeinsames Frühstück genießen und dabei plaudern. Die Tatsache, dass es nicht so war, schnürte meine Kehle zu, wie ich überrascht feststellte.

Irgendwann an diesem verrückten Vormittag hatte sich O. dann verabschiedet, weil er noch zu arbeiten hatte. Als schließlich keine weiteren Nachrichten mehr von ihm kamen, fühlte ich mich plötzlich schrecklich einsam.

18· Scheidewege

An diesem Montagmittag mussten Jenny und ich ein wahrlich depressives Bild abgegeben haben. Wir saßen in der Kantine beisammen, stocherten lustlos in unserem Essen herum und hingen ein jeder wortlos unseren trübsinnigen Gedanken nach. Während ich daran zu knabbern hatte, dass O. mir so nah und doch so weit weg gewesen war, hatte es bei ihr und Rick wohl ziemlich gekracht. Ich berührte sanft ihren Arm und schob die Grübelei weit weg, ihre Probleme waren weitaus größer.

»Ich bin hier, wenn du darüber reden möchtest.«

»Das weiß ich.« Sie sprach so leise, dass ich sie kaum verstehen konnte.

»Ich kapiere seinen Standpunkt einfach nicht.« Verärgert warf sie die Gabel auf den Teller und blickte mich an, dabei konnte ich deutlich ihre verquollenen Augen sehen, sie musste die ganze Nacht geweint haben.

»Wenn ich dich vorher richtig verstanden habe, dann hattet ihr Knatsch wegen der Familienplanung?«

»Ja.« Sie machte eine lange Pause und ich sah deutlich, wie sie mit sich rang. Jenny hatte schon immer lieber alles in sich reingefressen, egal wie penetrant man versucht hatte, etwas aus ihr herauszubekommen. Dann schien sie sich ein Herz gefasst zu haben und fuhr fort: »Wir sind schon länger zusammen als ich denken kann und als wir noch jünger waren, da haben wir oft von unserer Zukunft geträumt. Wir wussten immer, wie diese aussehen sollte. Eine Traumhochzeit, ein nettes Häuschen, zwei niedliche Kinder, all die Dinge eben, die das perfekte Leben mit dem Menschen, den man liebt, ausmachen. Seit einem Jahr, seitdem ich fünfundzwanzig geworden bin, ist der Wunsch nach einem Baby plötzlich wirklich da. Ich träumte davon und konnte tagsüber an nichts anderes mehr denken, als eines dieser zauberhaften Geschöpfe zur Welt zu bringen und eine Mutter sein zu dürfen. Rick hat das am Anfang immer als Spinnerei abgetan, doch als er gemerkt hat, dass es mir ernst war, da fing es an.«

»Der Sexentzug?«, fragte ich, als sie nicht mehr weitersprach. Schließlich nickte sie.

»Ja. Immer öfter hat er sich rausgeredet, an den Wochenenden zog er nur noch mit seinen Freunden um die Häuser. Als ich ihn vor einigen Monaten zur Rede gestellt hatte, da meinte er, ich sei noch viel zu jung, um ein Kind zu bekommen und dass wir noch so viel Zeit hätten, unsere Pläne umzusetzen. Das mag stimmen, aber er vergisst einfach, dass wir schon länger zusammen sind als viele ältere Paare, die auch Kinder haben. Eine Familie zu gründen ist doch eine Sache von Liebe, Zuneigung und Vertrauen, nicht von Alter oder Beziehungsdauer? Zu diesem Zeitpunkt ist mir zum ersten Mal aufgefallen, dass es möglicherweise nie seine Pläne gewesen waren. Was wir als gemeinsamen Zukunftstraum zusammengesponnen hatten, ist eigentlich nur meiner?«

Jenny sah mich mit einem Blick an, der mein Herz zerspringen ließ. All die Trauer und der Unglaube über einen Partner, den sie so viele Jahre zu kennen geglaubt hatte, zerfraßen sie.

»Weißt du, ich liebe ihn so sehr.« Dann machte sie erneut eine lange Pause. »Ich dachte, dass ich ihn liebe. Ich wäre trotzdem mit ihm alt geworden, auch ohne die Verwirklichung unserer - meiner Träume. Ich habe das Thema möglichst nicht mehr angeschnitten, habe sogar hier und da fallen gelassen, dass wir noch viel Zeit dazu hätten und gehofft, alles würde wieder gut werden, doch nichts ist mehr gut. Er schläft seit etwa einem Jahr nicht mehr mit mir und seit einer Weile redet er auch kaum noch etwas. Wir leben völlig aneinander vorbei und am Samstag habe ich es nicht mehr länger ausgehalten und ihn zur Rede gestellt, dann ist alles eskaliert. Es tut einfach so weh Lexi.«

»Ich weiß«, sagte ich sanft obwohl mir klar war, dass ich gar nichts wusste. Ich hatte keine Ahnung über die tiefen Gefühle oder die Bindung zueinander, wenn man verliebt war. Und schon gar nichts wusste ich über den Schmerz, der über einen kam, wenn man machtlos mit ansehen musste, wie sich ein geliebter Mensch immer weiter entfernte.

»Ach Lex, Süße, es tut mir so leid, dass ich dich mit meinen Problemen zutexte, du siehst auch nicht gerade glücklich aus?«, schniefte sie und ich sah, wie sie sich verstohlen eine Träne aus dem Augenwinkel wischte.

»Jennifer Laura Linke, das will ich nie wieder von dir hören, ist das klar?« Ich stand auf, ging zu ihr rüber und nahm sie in meine Arme. »Süße, ich bin immer für dich da, bitte vergiss das nie. Und welche Probleme könnte ich schon haben, außer zu wenig Batterien?« Ich versuchte sie aufzumuntern und ihr zögerliches Lächeln war Balsam für mich. Ihr nicht helfen zu können, machte mich wahnsinnig.

»Na komm, lass uns zurückgehen, die Mittagspause ist sowieso bald vorbei und ich habe heute keinen Appetit.« Ich nickte zustimmend, Hitze und Liebeskummer waren ein guter Garant, um nicht zuzunehmen. Wir steuerten die Fahrstühle an und ich drückte ihr aufmunternd die Hand.

»Weißt du Lex, ich glaube, ich werde heute einfach früher Schluss machen und Ricks Lieblingsessen kochen. Vielleicht können wir auch nochmals vernünftig über alles reden.«

»Das würde ich mir sehr für dich wünschen. Du verdienst es, glücklich zu sein.« Mir kam in den Sinn, wie sie Eric hin und wieder angestrahlt hatte, doch ich vermied es tunlichst, diesen Kerl auch nur zu erwähnen. Dann hielt der Fahrstuhl auch schon in ihrer Etage und Jenny umarmte mich stürmisch.

»Danke Lex, echt danke. Das hat gut getan und meine Gedanken wieder ein wenig geordnet. Drück mir die Daumen, dass Rick heute nicht zu genervt ist und wir ein normales Gespräch führen können.«

»Sind alle drei gedrückt«, grinste ich sie an.

»Doofe Nuss.« Lachend verließ sie schließlich die Kabine und ich sah ihr traurig hinterher. Wie ich Rick kannte, verbrachte er den Abend entweder außer Haus oder mit dem Bierkasten vor sich auf dem Sofa.

Als ich in mein Büro kam, fiel mein Blick zuerst auf die Rosen, wie immer, und jedes Mal überfiel mich eine Zufriedenheit, die ich nicht einzuordnen vermochte. Im nächsten Moment läutete das Telefon und seufzend machte ich mich an die Arbeit.

O.

Meine Teilhaber warteten auf die neusten Zahlen, ich auf Lexi. Anstatt die angepeilte Videokonferenz zu starten, hatte ich sie mit ihrer Freundin beobachtet. Beide hatten heute niedergeschlagen gewirkt und ich hatte mich die ganze Zeit gefragt, was geschehen war. War ich etwa der Grund für Lexis Laune?

Da alle Bereiche - außer den Toiletten - im Gebäude videoüberwacht waren, konnte ich quasi jeden ihrer Schritte beobachten. Ich kam mir dadurch zwar vor wie einer dieser irren Stalker, aber das war es wert. Da der Sommer sich momentan von seiner Sahara-Seite zeigte, hatte sie heute auf ihr Kostüm verzichtet und ein leichtes Sommerkleid an, dass ihr nur bis zu den Knien reichte. Allein dieser Anblick hatte genügt, um das Verlangen nach ihr anzufachen. Sie war so wunderschön, und wenn sie nur den Hauch einer Ahnung gehabt hätte, welche Macht sie über mich hatte, wäre ich verloren gewesen. Ich wusste nur eines mit Sicherheit: Ich würde niemals die eine Woche bis zum nächsten Clubtreffen warten können.

Die Videokonferenz ließ sich nicht länger aufschieben, doch danach musste ich sie haben.

Lexi

Etwa zwei Stunden nach der Mittagspause summte mein Handy. Das neue Smartphone. Aufgeschreckt wie ein Huhn auf der Flucht schmiss ich mich kopfüber in meine Tasche und fischte es mit zitternden Fingern heraus. Oh Gott, er hatte sich gemeldet. Endlich. Gut, es war erst zwei Tage her, aber trotzdem.

»Chérie, was tust du gerade?«

»Arbeiten?«

»Was würdest du jetzt lieber machen?«

»Mit dir spielen«, tippte ich zurück und biss die Zähne zusammen, um nicht plötzlich aufzustöhnen. Oh Gott, mein Magen spielte wieder verrückt und meine Gedanken schweiften automatisch an den Morgen vor zwei Tagen zurück, als er es allein durch die Macht seiner Worte geschafft hatte, mich heißzumachen. Auch jetzt spürte ich das schmerzhafte Ziehen, das langsam zu nahm und sehnsüch-

tig wünschte ich, mir Abhilfe schaffen zu können, da ich mich andernfalls heute kaum noch würde auf die Arbeit konzentrieren können. Ich überlegte mir tatsächlich gerade, kurz auf die Toilette zu gehen, in diesem Moment klingelte jedoch das Telefon auf meinem Schreibtisch. Ungläubig sah ich es an, das konnte doch nicht wahr sein. Sehnsüchtig blickte ich auf das Smartphone und ging widerstrebend an das Haustelefon.

Fluchend wartete ich, bis sich die Fahrstuhltüren öffneten. Man hatte mir aufgetragen ins Aktenlager zu gehen und Unterlagen zu suchen, die garantiert nicht so wichtig waren, als dass ich sie ausgerechnet jetzt suchen sollte. Ich konnte es nicht fassen, dass die Chefsekretärin der Abteilung Baurecht mich dazu aufgefordert hatte, schließlich war Jennys Etage dafür zuständig, nicht meine. Nach einer hitzigen Diskussion hatte sie jedoch von diesem unglücklichen Vorfall angefangen, bei dem ich vor einem halben Jahr versehentlich die falschen Akten vernichtet und die Firma dadurch in kurzzeitige Schwierigkeiten gebracht hatte. Es war von Wiedergutmachung und vollem Einsatz, von Rechtschaffenheit und Firmenverbundenheit die Rede gewesen. Man, jetzt wusste ich auch, weshalb man sie den Drachen nannte und sich alle vor ihr fürchteten. Ich hatte keine Ahnung, weshalb sie so groß ausgeholt hatte, es ging doch nur um ein paar dämliche, alte Unterlagen, doch am Ende hatte sie bekommen, was sie wollte.

Ich stand hier, im gottverlassenen und finsteren Keller, starrte missmutig die flackernden Neonröhren an der Decke an und die nicht enden wollende Anzahl der Stahlregale, in welchen sich tausende von Akten stapelten. Innerlich schickte ich ein Stoßgebet gen Himmel, dass ich zur Generation gehörte, in der man alles bequem im Computer speicherte.

Langsam ging ich in den ersten Gang, um mir einen Überblick zu verschaffen. Es waren jedoch nirgendwo Kennzeichnungen angebracht, weder Namen, noch Nummern, nichts. Mir schwante Grauenvolles. Ich würde bis ans Ende meiner Tage hier unten nach den Akten suchen, wahrscheinlich würde mein Geist hier für alle Ewigkeiten spuken, zwischen altem, vergilbtem Papier und verrosteten Schränken. Das taten sie doch für gewöhnlich, wenn sie eine unerledigte Aufgabe hatten?

Plötzlich hörte ich ein Geräusch und zuckte erschrocken auf. Okay Lexi, reiß dich zusammen, alles in Ordnung. Meine Fantasie wollte mir offenbar einen Streich spielen. Ich sollte an so einem Ort vielleicht nicht gerade an Geister denken, eher an etwas Vergnügliches. Sofort fiel mir O. ein und ich schüttelte lachend den Kopf.

Dann ging alles blitzschnell. Starke Arme legten sich von hinten um mich, hielten mir den Mund zu und schnürten mir die Luft ab. Ich war vor Entsetzen gelähmt und meine aufgerissenen Augen starrten ungläubig auf den Karton, der sich vor mir befand.

»Nicht schreien, Chérie«, hörte ich endlich die erlösenden Worte und sank regelrecht vor Erleichterung gegen seine Brust. Langsam nahm er seine Hand von meinem Mund, presste sich jedoch dicht gegen mich, so dass es mir nicht möglich war, mich umzudrehen.

»Großer Gott, was tust du hier?«, keuchte ich bei dem Versuch wieder zu Atem zu kommen.

»Es tut mir leid, ich wollte dich nicht erschrecken, ich musste mich beeilen, bevor du dich umdrehst.« Seine Hände fuhren ungestüm über meinen Körper und lenkten meine Gedanken sogleich in eine ganz andere Richtung.

»Warum darf ich dich nicht sehen?«

»Noch nicht Chérie.« Hektisch nestelte er an seinem Gürtel, ich hörte, wie er seinen Reißverschluss öffnete und seine Hose herunterglitt, dann presste er sich wieder an meine Rückseite, bog meinen Oberkörper nach unten, hob mein Kleid an und schob meinen Slip zur Seite.

»Ich will dich, ich kann nicht länger warten«, keuchte er und schob eine Hand zwischen meine gespreizten Beine.

»Oh Gott Lexi«, stöhnte er, da ich längst feucht und bereit für ihn war, nach dem kleinen Nachrichtenaustausch von vorhin. Meine Beine zitterten vor Erregung, so dass ich mich an dem Aktenschrank vor mir festhalten musste. Ich hörte das unverkennbare Geräusch, als er sich das Kondom überzog und im nächsten Augenblick tauchte er in mich. Er packte meine Hüften, zog sich zurück und füllte mich erneut aus. Seine Finger bohrten sich in mein Fleisch, entlockten mir einen kleinen Schrei und sein rauer Takt riss mich mit in einen Strudel aus unbändiger Lust und zügelloser Leidenschaft, von welchem wir hinfort gerissen wurden.

Ermattet hatte ich mich wenig später gegen das kühle Metall sinken lassen. Ich fühlte mich großartig und beschwingt. Nur langsam nahm mein Verstand wieder klare Formen an und da fiel es mir wie Schuppen von den Augen. »Woher wusstest du, dass ich hier sein würde?«, fragte ich ihn, doch niemand antwortete. »O.?«, versuchte ich es zaghafter, doch um mich herrschte nur Stille. Ich holte tief Luft und drehte mich langsam um, mein Herz raste vor Aufregung, doch da war niemand mehr. Er war einfach gegangen. Ungläubig starrte ich in den leeren Raum hinein. Wie zur Hölle hatte er gewusst, wo er mich finden konnte?

O.

Ich konnte nicht schnell genug wieder in meinem Büro sein, nur um zu beobachten, wie sie aus dem Lager zurückkam. Nach diesem Erlebnis war ich noch immer völlig außer Atem und froh, dass meine Sekretärin sich gerade nicht im Vorzimmer befand. Ihr vorwurfsvoller Blick, als ich sie angewiesen hatte, Lexi ins Lager zu bestellen, wäre für einige Grund genug gewesen, die nächsten Wochen Alpträume zu haben.

Entgegen meiner Prinzipien hatte ich mich hinreißen lassen und nicht auf eventuelle Gefahren entdeckt zu werden geachtet. Ich hatte sie begehrt, sie gewollt und sie mir genommen. In meiner Firma, an meinem Arbeitsplatz.

Kopfschüttelnd sah ich auf den Bildschirm und wartete auf ihr Erscheinen, doch sie war nicht wieder zurück. Es war noch nie vorgekommen, dass ich meinen Verstand derart ausgeschaltet hatte, dass ich eine Frau so anziehend und begehrenswert fand und ununterbrochen an sie denken musste.

Endlich betrat Lexi ihr Büro und sogleich schlug mein Herz höher. Während ich sie ansah, wusste ich, dass es Zeit war mir einige Dinge einzugestehen. Diesen Samstag fand das nächste Clubtreffen statt, dann kannten wir uns ein halbes Jahr. Ich lehnte mich entspannt in meinen Stuhl zurück und sog ihren Anblick tief in mich auf. Und einfach so wusste ich, was ich zu tun hatte.

In Gedanken malte ich mir das nächste Treffen aus, sehnte mich nach ihrem warmen Körper und ihrer Nähe, obwohl es nicht lange her war, dass ich bei ihr gewesen war, da fuhr sie plötzlich erschrocken zusammen. Ich beugte mich verwundert vor, da sah ich, wie ihre Freundin Jenny völlig aufgelöst in ihr Büro stürmte. Sie sah grauenhaft aus, selbst durch die Überwachungskamera konnte ich sehen, wie ihr die Tränen nur so über das Gesicht liefen. Lexi sprang sofort auf und zog ihre Freundin in die Arme, versuchte sie zu trösten und strich sanft über deren Gesicht.

Auf einmal verspürte ich den Drang zu helfen. Ich hatte eine Idee und hoffte, dass sie nicht nach hinten losgehen würde.

19. Frustbewältigung

Lexi

Ich war noch nicht ganz bei mir, als ich in mein Büro zurückging. Meine Beine drohten ständig unter mir wegzuklappen und der Knoten in meinem Hals ließ sich nicht vertreiben. Die dämlichen Unterlagen für den Drachen hatte ich vergessen, nach O.´s Aktion interessierten sie mich nicht mehr das Geringste, sollte sie diese doch selber suchen. Ich hatte größere Probleme, wie etwa meinen unbekannten Clubbesitzer, der mehr von mir zu wissen schien, als ich angenommen hatte. Eines war mir soeben klar geworden, es musste jemand aus der Firma sein. Mein Puls raste vor Aufregung und meine Gedanken überschlugen sich, da wurde die Tür zu meinem Büro stürmisch aufgerissen. Entsetzt sah ich in das völlig verheulte Gesicht meiner besten Freundin. Sofort sprang ich auf und zog sie in meine Arme. »Um Gottes willen Jenny, was ist passiert? Habt ihr euch wieder gestritten?«

»Rick ...«, schluchzte sie unentwegt, doch ihre Stimme brach jedes Mal, sobald der nächste Heulkrampf sie ereilte.

»Wollte er nicht mit dir reden?« Sanft lotste ich sie zu den Besucherstühlen, auf welchen wir nun Platz nahmen. Ich fischte umständlich den Karton mit den Papiertaschentüchern von meinem Schreibtisch, hielt ihn ihr hin und strich einige verirrte und inzwischen nasse Haarsträhnen aus ihrem Gesicht.

»Reden pah ... dieser Drecksack.« Sie beruhigte sich kaum und besorgt fragte ich mich, was geschehen war und vor allem, ob sie in diesem Zustand etwa alleine hergefahren war, denn dann konnte sie von Glück reden, keinen Unfall gebaut zu haben.

»War er nicht da?«, versuchte ich es erneut, doch damit erreichte ich nur, dass sie grauenvoll aufheulte, mir um den Hals fiel und so aufschluchzte, dass ich Angst hatte, sie würde ersticken. »Oh Gott Jenny, bitte, so beruhige dich doch und sag mir, was geschehen ist.« Sanft wiegte ich sie in meinen Armen, bis ihr Körper nicht mehr so stark von Weinkrämpfen durchgeschüttelt wurde.

»Er hat ..., er ...«, setzte sie an, dann holte sie tief Luft und klammerte sich an meinen Händen fest. »Ich habe heute früher Feierabend gemacht, um ihm sein Lieblingsessen zu kochen.« Ich nickte, das hatte sie heute Mittag erwähnt. »Nach der Arbeit bin ich gleich nach Hause gefahren, um zu schauen, was ich an Zutaten da hatte und was ich hätte noch besorgen müssen.« Ich merkte, wie ihr das Sprechen deutlich schwerzufallen schien und versuchte, einfach nur für sie da zu sein.

»Ich komme also früher nach Hause, als sonst und da höre ich Geräusche von ... aus dem Schlafzimmer. Eindeutige Geräusche.« Wieder kullerten dicke Tränen über ihr hübsches Gesicht und mir wurde schlecht. Sie musste nicht weitersprechen, ich wusste auch so, was nun kommen würde.

»Ich gehe wie in Trance nach oben, um nachzusehen. In diesem Moment ist es einem irgendwie längst klar und trotzdem sucht man nach Ausreden. Ich habe mir eingeredet, dass er vielleicht nur ein Sportvideo anschaut und das Stöhnen daher rühren könnte. All dieses sinnlose, bescheuerte Zeug eben. Und dann öffne ich langsam die Schlafzimmertür und ab da hat sich alles nur noch angefühlt, als ob ich danebenstünde, als ob ich nur Außenstehender bin und unbeteiligt zuschaue. Rick lag in unserem Ehebett, auf ihm saß Barbies Zwilling, die sich von ihm hat durchvögeln lassen. Seine Hände grapschten an ihren aufgepumpten Riesentitten, während er es ihr ordentlich besorgte.«

Tiefer Hass auf einen Menschen, den ich kaum kannte, breitete sich in mir aus und ich wünschte mir in diesem Augenblick nichts mehr, als dass er für das, was er Jenny angetan hatte, bitter bezahlen würde. Ich setzte all meine Hoffnung auf das Karma.

»Verstehst du Lex? Er hat es dieser künstlichen Schlampe so richtig besorgt, während seine eigene Freundin seit einem Jahr um jede noch so kleine Zuneigung gebettelt hat.« Erneut wurde sie von Weinkrämpfen heimgesucht und ich konnte nichts weiter tun, als sie tröstend in meine Arme zu nehmen und ihr sanft über den Rücken zu fahren. Das war bitter. Er hatte sie so eine furchtbar lange Zeit verschmäht und schenkte die ersehnte Aufmerksamkeit nun der Falschen. Oh, ich wünschte mir nur fünf Minuten alleine mit diesem Dreckskerl.

Plötzlich ging meine Tür auf und fassungslos starrte ich auf den ungebetenen Besucher, der frech grinsend einfach hereinkam. »Mir wurde zugetragen, dass sich in diesem Raum zwei Damen in Not befänden, voilà, hier bin ich.«

»Eric? Was wollen *Sie* denn hier?« Ich sah Surfer-Boy in meinem Büro stehen und doch wollte ich es nicht glauben. Er hatte uns zwar irgendwann bei unseren Cafébesuchen das Du angeboten, doch ich hatte mich geweigert es anzunehmen. Ich hatte mir eingeredet, dass er mir nicht so nahe stünde, wenn ich ihn förmlich ansprach. Wie war es möglich, dass er wusste, wo ich arbeitete? Es gab nur eine Möglichkeit und die widerstrebte mir zutiefst. Er konnte nur aus einem Grund ausgerechnet jetzt hier auftauchen - weil er O. war. Am liebsten hätte ich es Jenny gleich getan und losgeheult. Das konnte einfach nicht sein, er rief nicht die geringsten Empfindungen in mir wach, absolut null, nichts, nada, niente. Wie konnte er also O. sein, wenn ich bei diesem jedes Mal ein Feuerwerk der Gefühle durchlebte? Aber was gäbe es sonst für eine Erklärung für diese Situation?

»Eric?« Jenny richtete sich langsam auf, schälte sich aus meiner Umarmung heraus und schniefte herzergreifend in das völlig durchnässte Papiertaschentuch. Sie drehte sich zu ihm um und sah nicht weniger überrascht aus als ich.

»Richtig, die Damen. Ein bisschen Aufmunterung gefällig?« Selbstgerecht stand er da, ein charmantes Lächeln im Gesicht, als wäre in diesem Raum

nicht gerade eine zutiefst depressive Weltunter-
gangsstimmung. Ehrlich, der hatte doch einen
Knall?

»Was wollen Sie hier?«, fuhr ich ihn erneut an und
er besaß tatsächlich die Frechheit, mir zuzuzwin-
kern.

»Nun, meine Sehnsucht hat mich zu Ihnen geführt,
Lexi, in der Hoffnung auf einen vergnüglichen
Nachmittag. Wie ich sehe, ist das auch bitter nötig.
So denn, mögen die Damen sich mir anschließen?«

»Haben Sie schon einmal etwas von Arbeiten gehört?« Ungläubig sah ich ihn an. Aber Surfer-Boy
stand nur da und lächelte. In diesem Moment klingelte mein Telefon. Ich bedeutete ihm mit erhobe-
nem Zeigefinger, dass ich noch nicht fertig mit ihm
war, überließ Jenny einen Augenblick sich selbst
und ging mit einem tiefen Seufzen ran. Mein Chef,
auch das noch, der Tag konnte nicht schlimmer
werden.

»Frau Masters?«

»Ja?«

»Sie können sich den Rest des Tages frei nehmen,
ich habe hier alles im Griff.«

»Äh, bitte?«

»Und bleiben Sie morgen auch zu Hause, das haben
Sie sich verdient.«

Ich sah fassungslos auf den Telefonhörer in meiner
Hand, aus welchem nur noch das laute Tuten des
Besetztzeichens erklang, nachdem er ohne weitere
Erklärungen einfach aufgelegt hatte. Das war gera-
de nicht wirklich passiert? Was zur Hölle ging hier

vor? Langsam blickte ich zu Eric auf, der noch immer lächelnd vor uns stand.

»Nun, dann kann es ja losgehen?«

Eine Viertelstunde später saßen wir in einer Limousine, die gleichermaßen Herzklopfen wie Abneigung in mir auslöste. Ich betete, dass es nicht dieselbe war, die mich immer abgeholt hatte. Wir sprachen tröstend auf Jenny ein, die sich geweigert hatte, mit uns zu kommen, jedoch nicht sehr erfolgreich.

»Aber schaut mich doch an, ich sehe aus wie eine Wasserleiche, die bereits eine Woche in irgendeinem Sumpf rumgedümpelt ist, total aufgequollen«, versuchte sie halbherzig einzuwenden.

»Eine wahre Schönheit kann nichts entstellen«, erwiderte Eric leise und ich musterte ihn verstohlen. Ausnahmsweise waren das mal weise Worte aus seinem Munde.

»Sorge dich nicht, auf uns wartet jede Menge Spaß, ganz ohne Gaffer.« Jenny hatte das Du natürlich angenommen. Bei diesen kryptischen Worten kniff ich die Augen zusammen. Was hatte er vor? Wo brachte er uns hin? Und was war das heute überhaupt für ein verrückter Tag? Erst hatte ich im Lagerraum meiner Firma unerwarteten Sex mit O., dann erwischte Jenny ihren Freund beim Fremdgehen und zu guter Letzt tauchte plötzlich Surfer-Boy in meinem Büro auf, entführte uns kurzerhand und rein zufällig gab mein Chef mir einfach so frei. In all den Jahren war das nicht einmal zuvor geschehen.

Über diesem Tag stand ein dickes Fragezeichen und beim Anblick von Eric, wie er Jenny liebevoll anlächelte, wurde es größer, anstatt kleiner. Meine Menschenkenntnis mochte nicht immer die Beste sein, aber er stand augenscheinlich auf sie. Und er tat ihr gut, wie ich an ihrem halbherzigen Lächeln erkannte. Das freute und erleichterte mich ungemein, nur falls er tatsächlich O. war, dann hatte ich ein großes Problem. Wie sollte ich Jenny dann jemals erklären, dass ich mit ihm geschlafen hatte? Und das, nachdem sie gerade ihren Freund mit einer anderen im Bett erwischt hatte?

Ich konnte nicht glauben, wohin Eric uns gebracht hatte. Abgeschirmt vom Rest des Publikums saßen wir zu dritt in einer VIP-Lounge des angesagtesten Clubs der ganzen Stadt. Als würde ihm der Laden gehören, hatte er uns wie selbstverständlich durch einen Seiteneingang gelotst, vorbei an der endlos scheinenden Schlange der Wartenden, die zu meiner Verwunderung schon am Nachmittag riesig war. Hatten die Leute nichts Besseres zu tun?
Wie versprochen war niemandem Jennys Zustand aufgefallen und im schummrigen Halbdunkel, das hier vorherrschte, würde keiner auf Anhieb sehen, dass sie die letzten Stunden mit Heulen verbracht hatte. Ich sah auf, als der Kellner mit Erics aufgegebener Bestellung kam. Nicht ganz neidlos hatte ich zuvor festgestellt, dass hier bedient wurde. In den Clubs, die ich besuchte, musste man sich stundenlang zwischen zig anderen Leuten an die Bar pres-

sen, bis man endlich erhört wurde. Offensichtlich funktionierte das in den gehobeneren Kreisen anders. Im Moment war ich froh, dass wir nicht von zu vielen Menschen umgeben waren, zum einen, weil wir mit unserer Bürokleidung nicht sehr ausgehtauglich aussahen und zum anderen, weil Jenny dadurch etwas Luft bekam ihre Wunden zu lecken.

Eric, der in seinem schicken Anzug natürlich tadellos aussah, verteilte die Bestellung, und als ich sah, was er geordert hatte, seufzte ich zufrieden. Tequila - der Abend war gerettet.

»Meine Damen, ich habe versprochen, dass wir Spaß haben werden, dann lasst uns anfangen.« Er hatte gleich eine ganze Flasche bestellt und uns die erste Runde eingeschenkt. Als der Alkohol heiß und wohlwollend meine Kehle hinabfloss, schloss ich genussvoll die Augen. Ich lauschte der trendigen Housemusik und ließ mich für einen Moment treiben. Ich öffnete meinen Geist, wohl wissend, dass Jenny bei Eric in guten Händen war, der sie tatsächlich wieder ein wenig zum Lachen gebracht hatte. Das oder der fünfte Tequila. Wer wusste das immer schon so genau?

Nach einer Weile spürte ich es. Das Gefühl beobachtet zu werden. Ich ließ meinen Blick durch die Lounge schweifen, doch mir fiel niemand auf, der uns angaffte. Das Empfinden blieb jedoch, meine Nackenhärchen stellten sich auf und sandten ein angenehmes Kribbeln über meinen Rücken. Angespannt hielt ich die Luft an und schluckte schwer, denn ich kannte dieses Gefühl, das sich nur bei einem einzigen Menschen einstellte. Jetzt richtete ich mich auf und sah in alle Richtungen, doch da war niemand. Dann begegnete ich Erics entgeistertem Blick und verzog das Gesicht. Hatte er mich etwa angestarrt? »Mehr Tequila«, grummelte ich und hielt ihm mein Glas hin, das er schmunzelnd auffüllte.

»Sollten wir sie nicht von dort runter holen?«, nuschelte ich in Erics Ohr, der wie gebannt Jenny beim Tanzen zusah, die sich einen der Tische dazu ausgesucht hatte. Mittlerweile ging es auf Mitternacht zu, vor uns stand die zweite Flasche Tequila und ich war nicht mehr ganz Herr meiner Sinne - und Motorik. Nachdem der letzte Versuch zu tanzen direkter Bodenkontakt für mich bedeutet hatte, war ich Erics Aufforderung schließlich nachgekommen, mich wieder auf die Couch zu setzen. Eine Weile hatte ich Jenny angefeuert, bis ich keinen Laut mehr herausbekommen hatte.

»Sie hält sich tapfer, lassen wir ihr den Spaß«, antwortete er und ich kniff meine Augen zusammen, um ihn deutlicher sehen zu können.

»Weißt du, ich finde dich echt heiß, aber ich will nicht, dass du er bist, verstehst du?«, stammelte ich undeutlich. Die Förmlichkeit war irgendwie mit der Nüchternheit verloren gegangen. Ich erntete einen irritierten Blick. »Er ist nämlich echt der Hammer. Ich glaube, er ist mein Puzzleteil. Hey, magst du Puzzle?«

Ich schätze, da hielt er mich bereits für verrückt. »Egal, jedenfalls, wenn du nicht er bist, dann ist alles gut, aber wenn doch, man, dann hast du echt was auf dem Kasten.« Ich war auf seine Schulter gesunken und nuschelte kaum noch hörbar in sein Ohr. »Selbst, wenn du er bist, dann hör auf, dich mit mir zu treffen und mach Jenny glücklich, sie hat es verdient.« Danach wusste ich nichts mehr. Ich musste eingeschlafen sein, wie mir Jenny am nächsten Tag berichtete und Eric hatte wohl seine helle Freude gehabt, mich aus dem Club zu bekommen.

Ich wachte am nächsten Tag mit bohrenden Kopfschmerzen und pochenden Schläfen auf. Als ich an mir heruntersah stellte ich fest, dass ich nur noch meine Unterwäsche trug. Ich stöhnte auf und betete, dass es nicht Surfer-Boy gewesen war, der mich ausgezogen hatte. Der erste zaghafte Versuch aus dem Bett zu steigen, verursachte mir Übelkeit und ich gab sofort auf. In diesem Moment war ich überglücklich, dass mein Chef mir heute freigegeben hatte und ich mich in diesem Zustand nicht ins Büro schleppen musste. Es war beinahe als hätte er gewusst, dass ich unpässlich sein würde. Ich schnaubte auf, das würde jedenfalls zu dem total verrückten Tag gestern passen. Wimmernd kramte ich in meiner Nachttischschublade nach den Schmerztabletten und hoffte, dass sich dort noch welche befanden. Was Tequila und bohrende Kopfschmerzen anging, wachte ich nicht zum ersten Mal in diesem Zustand auf. Und weil ich ein artiges

Kind war und dazulernte, hatte ich irgendwann einmal vorgesorgt. Die Frage war, ob ich auch aufgefüllt hatte. Als ich die volle Packung ertastete, hätte ich beinahe vor Freude geheult. Ich spülte gleich zwei Tabletten auf einmal mit der abgestandenen Cola vom Vortag herunter. Das spielte jetzt auch keine Rolle mehr, meine Geschmacksknospen wurden durch den Nachgeschmack des Alkohols ohnehin gerade schändlich missbraucht.

Abgekämpft legte ich mich in mein Kissen zurück und wartete auf die herbeigesehnte Wirkung der Schmerzmittel. Langsam driftete ich wieder in den wohltuenden Schlaf zurück und war dankbar dafür. So musste ich mir noch keine Gedanken über den gestrigen Tag machen und konnte dem widerlichen Pochen entgehen.

20. Ein richtiges Date

O.

Auch wenn es nach dem kleinen Ausflug ins Lager nicht mehr viele Tage gewesen waren, so waren sie mir dennoch wie eine Ewigkeit vorgekommen. Mein Rettungseinsatz war zum Glück positiv aufgenommen worden, obwohl Lexi am nächsten Tag die gesamte Welt, inklusive mich, verflucht hatte. Unser Wortwechsel per Handy war kurz und für mich äußerst amüsant gewesen, sie jedoch hatte es weniger lustig gefunden. Wie ich inzwischen mitbekommen hatte, ging es ihrer Freundin etwas besser, zumindest wie es jemandem anhand dieser Umstände eben gehen konnte. Mir war eine weitere Idee eingefallen, wie ich ihr den Weg zurück ins Liebesleben etwas erleichtern konnte.

Ich hatte entschlossen mich Lexi gegenüber bald zu erkennen zu geben und hatte dafür unseren alljährlichen Maskenball ausgewählt, der in vier Wochen im Club stattfinden würde. Bis dahin gab ich mir auch Zeit, meine verwirrten Gedanken zu ordnen und eine Entscheidung zu treffen, denn so konnte es nicht mehr weitergehen. Sie immer nur alle vier Wochen im Club zu berühren und mit ihr die süßen, feuchten Träume, die mich täglich quälten, erleben zu dürfen, genügte mir nicht länger. Gleichzeitig sorgte ich mich vor dem nächsten

Schritt, denn auch wenn wir uns durch die Handy-Nachrichten etwas privater kennengelernt hatten, so war sie trotz allem eine Fremde für mich. Eine Fremde, die ich besser kannte als jede andere.

Da heute Samstag war, wäre das demnach unser letztes Treffen vor besagtem Ball und außerdem war es nun ein halbes Jahr her, seit sie zum ersten Mal in den Club gekommen war und unsere Wege sich auf diese Weise gekreuzt hatten. Diesen Tag wollte ich gebührend feiern und hatte mir etwas Besonderes für den heutigen Abend überlegt. Zu gerne würde ich ihren Gesichtsausdruck sehen, wenn sie den Karton öffnete.

Lexi

Heute war es mir viel schwerer als sonst gefallen, mein übliches Schönheitspflege-Programm durchzuziehen. In den letzten Tagen war mit eines bewusst geworden, und damit meine ich nicht, dass zu viel Tequila mörderisch war, nein: O. fehlte mir. Nicht nur der unglaubliche gute Sex, sondern seine Anwesenheit und Nähe. Seine Stimme und sein Humor, wenn er mich auf den Arm nahm, all diese Dinge eben, die eigentlich nicht zählen sollten, bedachte man unser - äh, was immer wir auch zusammen hatten.

Umso aufgeregter war ich, als eine Stunde vor dem Abholtermin die Türglocke läutete, mittlerweile wusste ich, dass es das Zeichen für den vor meiner

Wohnung abgelegten goldenen Karton war. Was er mir wohl heute geschickt hatte? Wie ein geölter Blitz rannte ich zu meiner Haustür und wäre beinahe über meine Füße gestolpert.

Wieder zurück in meinem Schlafzimmer öffnete ich den Karton eilig und nahm vorsichtig das Präsent heraus.

Es war ein traumhaft schönes, filigranes Cocktailkleid in Schwarz mit einer Etui-Silhouette. Das knielange, mit Spitzenapplikationen besetzte und unterfütterte Kleid bestach durch seine elegante Schlichtheit. Der Rundausschnitt war züchtig gehalten und nur der Spitzenstoff am Rücken war durchsichtig. Die kurzen Ärmel reichten bis zu meinen Oberarmen und als ich es ganz vorsichtig anzog, hielt ich anerkennend die Luft an. Plötzlich wusste ich, was ich mit meinen Haaren zu tun hatte. Ich würde sie zu einem hohen Dutt zusammenstecken und ein schwarzes Samtband umlegen, denn in diesem Traum aus Spitze kam ich mir vor wie Audrey Hepburn, ich fühlte mich großartig.

Aus Gewohnheit sah ich noch einmal in den Karton, bevor ich ihn schloss, das hatte ich mir angewöhnt, nachdem ich O.´s Nachricht damals beinahe übersehen hatte, weil sie auf den Boden gefallen war. Überrascht hielt ich inne, da lag tatsächlich noch etwas in der Schachtel. Grinsend hob ich den Gegenstand an der Schnur hoch, der mir mehr als nur vertraut war, der allerdings gerade ein Waisendasein führte. Liebeskugeln. Voller Vorfreude las ich die Nachricht.

Mehr Schmuck benötigst Du nicht, Chérie - O.

Fast sehnsüchtig strichen meine Finger an dem kühlen Material der goldfarbenen Kugeln entlang, viel zu lange schon hatte ich meine Spielsachen in die Schublade verbannt. Ein Kribbeln fuhr durch meinen Körper und eine leise Ahnung, was mich heute erwartete, erfasste mich.

Beim Schminken stellte ich mich plötzlich tollpatschig an und benötigte mehrere Anläufe, obwohl ich den Lidstrich ansonsten sicher hinbekam. Meine Hände zitterten jedoch vor Aufregung und ich konnte mich kaum konzentrieren, weil ich immerzu an ihn denken musste.

So lange schon war er ein Teil meines Lebens, ohne dass ich seiner bisher überdrüssig geworden war. Natürlich verbrachten wir nicht den Alltag miteinander, sahen uns nicht täglich und taten nicht die Dinge, die normale Leute machten, doch heute waren es sechs Monate, ohne dass ich den Drang verspürt hatte, etwas Neues suchen zu wollen. Im Geiste sah ich ein Puzzle vor mir, an dem nur noch ein Teil fehlte, um es zu vervollständigen. War er dieses Teil? Etwas in mir wusste diese Antwort möglicherweise bereits.

Ich saß in der Limousine und blickte verwirrt aus dem Fenster. Richtig. Der Chauffeur hatte mir keine Augenbinde angelegt. Was hatte das zu bedeuten? Ich rutschte unruhig auf dem Ledersitz hin und her, die Vibrationen, die von den Metallkugeln im Inneren der Liebeskugeln ausgelöst wurden, stimulierten mich angenehm und stimmten mich auf einen prickelnden Abend ein.

Weil ich die Gegend nicht kannte, in der wir uns befanden, ließ ich meinen Blick durch den Innenraum schweifen und konnte es nicht fassen, dass ich die Flasche bisher übersehen hatte. Ich schrieb es der Aufregung zu. Lächelnd beugte ich mich vor, um den Tequila in Augenschein zu nehmen, warum wunderte es mich nicht, dass er darüber Bescheid wusste? Die abrupte Bewegung schickte wohlige Schauer durch meinen Unterleib und ich dankte O. insgeheim für diese Idee. Den Alkohol ließ ich jedoch stehen, nahm dafür die Nachricht daneben an mich.

Wir werden heute unser erstes Date haben. Kein Kino, viel besser. Ich kann es kaum erwarten. - O.

Großer Gott. Plötzlich wurde mir heiß und kalt zugleich und eine Gänsehaut ließ die Härchen auf meinen Armen abstehen. Ein Date? Aber das würde ja bedeuten, dass ich ihn heute endlich sehen würde? Eine nie gekannte Euphorie breitete sich blitzschnell in mir aus, jagte durch meine Adern und puschte die Vorfreude ins Unermessliche. Endlich. Wie sehr hatte ich diesen Moment herbeigesehnt und schon fast nicht mehr daran geglaubt. In wenigen Augenblicken kannte ich die wahre Identität von O.

Ich sah die Tequilaflasche an und war nun dankbar, dass sie da war, denn jetzt benötigte ich einen großen Schluck.

Der Wagen hatte angehalten und mir war richtig schlecht geworden. Ich war total nervös und hatte mich den Rest der Fahrt ohne Unterlass gefragt, wie er wohl war. Wie sah er aus und vor allem - würde er mir gefallen? Wieder zog sich mein Magen zusammen und ich wimmerte beinahe, der Alkohol hatte sich verflüchtigt, bevor er die Chance bekommen hatte, meinen Kreislauf aufzumischen.

Dann öffnete der Fahrer die Tür, half mir aus dem Wagen und während ich ausstieg, schweifte mein Blick immerzu durch die Umgebung. War er schon hier? Mein Puls beschleunigte sich und mein Mund wurde ganz trocken. Mein Herz flatterte vor Aufregung in meiner momentan viel zu engen Brust, und dass nicht das geringste Lüftchen wehte, auch wenn die große Hitzewelle vorbei war, machte es nicht gerade einfacher tief durchzuatmen.

Ein Blick auf das Gebäude zeigte mir nichts, dass mir weiterhelfen könnte, denn es war nicht das Herrenhaus und kein Gerard wartete auf mich. Aber es handelte sich eindeutig um ein Restaurant, wie ich von außen sehen konnte und meine Freude steigerte sich weiter, wir würden zusammen Essen, ich hätte vor lauter Endorphinausschüttung tanzen können.

Mit wackeligen Knien folgte ich dem Fahrer, der mich bis zur Anmeldung begleitete und mit einem kurzen Nicken wieder verschwand. Während ich an der Rezeption wartete, zog der große Speisesaal, der rechter Hand lag, meine Aufmerksamkeit auf sich. Hier drin saß O. womöglich schon und wartete auf mich. Mein Blick schnellte durch die Menge der Gäste, immer in der Hoffnung, ein bekanntes Gesicht zu finden, möglichst jedoch nicht das von Surfer-Boy. Ich stand kurz vor einer Ohnmacht.

Endlich kam ein Angestellter, der mich freundlich begrüßte. Plötzlich wurde mir ganz heiß, als mir aufging, dass er gleich nach dem Namen fragen würde, auf welchen die Reservierung gemacht worden war. Ich war erledigt.

»Guten Abend, Sie müssen Frau Masters sein, nehme ich an?« Er lächelte mir freundlich zu und ich war völlig perplex.

»Äh, ja richtig?« Woher wusste er das nun schon wieder?

»Herzlich willkommen bei uns, wenn Sie mir bitte folgen würden?« Dann lief er einmal um den Tresen herum, ging an mir vorbei und wartete an der Treppe zu meiner linken Seite auf mich, die nach unten und nicht in den Speisesaal führte. Ich versuchte nicht laut aufzukreischen wie ein Kind, dem man das Spielzeug weggenommen hatte. Ich wollte nicht da runter, ich wollte in den anderen Saal, zu O.

»Frau Masters?«

»Sicher.« Geknickt folgte ich ihm in das schummrige Untergeschoss und fragte mich unentwegt, wohin zur Hölle man mich jetzt schon wieder brachte?

Unten angekommen konnte ich kaum noch etwas sehen, alles war finster und nirgendwo brannte Licht. Hatten sie ihre Stromrechnung nicht bezahlt, oder warum stand ich im Dunkeln?

»Ich wünsche Ihnen viel Vergnügen«, verabschiedete sich der Angestellte auf einmal und gerade, als ich panisch werden wollte, kam eine andere Servicekraft auf mich zu, der blind zu sein schien, wie ich feststellte, als er direkt vor mir stand.

»Herzlich willkommen im *Dinner in the Dark*, bitte folgen Sie mir«, sagte er leise, hakte sich bei mir ein und zog mich behutsam mit sich. Mein Gehirn versuchte fieberhaft zu verarbeiten, was er gerade gesagt hatte. Essen im Dunkeln? Das Gefühlschaos war perfekt. All die Anspannung und Vorfreude war plötzlich wie weggeblasen, denn in diesem Augenblick wusste ich, dass ich O. auch heute nicht sehen würde. Es fühlte sich an wie ein Schlag ins Gesicht. Niedergeschlagen ließ ich mich von dem Mann durch einen weiteren völlig dunklen Raum führen, der schließlich zum Restaurant abging. Sobald wir eintraten, strömten die herrlichsten Gerüche auf mich ein und irgendwie freute ich mich nun doch ein bisschen auf ein neues unbekanntes Abenteuer.

Sobald ich an meinem Platz war, erläuterte mir der Kellner anhand der Uhrzeiten, wo sich was befand. So stand das Glas auf ein Uhr, das Messer lag auf drei Uhr und so weiter. Vorsichtig betastete ich mit den Händen die Sachen vor mir. Teller, Besteck, Serviette, alles da. Dann lächelte ich, denn wenn ich hier kleckerte, würde es ohnehin keinem auffallen. Meine anderen Sinne zu entfalten, weil ich nichts sehen konnte, war mir nicht neu und so lauschte ich den Geräuschen und gedämpften Unterhaltungen der anderen Gäste und sog den würzigen Geruch von Essen in mich auf.

Der Kellner zog sich kurz zurück, beteuerte vorher jedoch noch, dass ausschließlich er den Rest des Abends für uns zuständig sei. Nun war ich alleine und somit drohten meine wirren Gedanken, mich wieder einzunehmen. Leise trommelte ich mit meinen Fingern auf die Tischplatte, ich wusste nicht, was ich sonst hätte tun können, denn in diesem Fall war es mir nicht möglich, das Ambiente oder die Gäste zu beobachten.

»Bist du nervös?«

»Herrgott!« Ich zuckte erschrocken zusammen und musste den Drang unterbinden, mit meinem Wasserglas nach ihm zu werfen. Wahrscheinlich hätte ich sowieso zu lange gebraucht, um es überhaupt zu finden. »Wieso sagst du denn nicht, dass du schon hier bist?« Anklagend funkelte ich ihn an, bis mir einfiel, dass es absolut nichts brachte, weil er es nicht sehen konnte.

»Ich wollte dir einen Moment geben, um dich zu sammeln.«

»Okay, gesammelt.« Ich hörte ihn auflachen und schmunzelte zufrieden.

»Auch wenn ich dich nicht sehen kann, so hoffe ich doch, dass du meinen Schmuck trägst?«

»Oh ja«, seufzte ich auf und genoss die Vibrationen, die bei jeder Bewegung sanfte Wellen aussandten.

Bis die Vorspeise kam, unterhielten wir uns angeregt miteinander. Es überraschte mich, wie einfach wir eine gemeinsame Wellenlänge gefunden hatten und wie selbstverständlich uns jedes Gesprächsthema über die Lippen kam, ohne dass die Unterhaltung ins Stocken geriet. Es fühlte sich merkwürdig vertraut an, seine Stimme zu hören, ohne ihn zu sehen. Die Geräuschkulisse und die Gerüche jedoch waren eine neue Erfahrung, ebenso der Geschmack des exquisiten Vier-Gänge-Menüs. Jeder einzelne Bissen fachte das Vorstellungsvermögen an. Ich konnte nicht sehen, was ich aß, doch die einzelnen Geschmacksnuancen regten meine Fantasie an.

Die Liebeskugeln taten ihr Übriges, so dass ich die folgenden zwei Stunden, die wir im *Dinner in the Dark* gewesen waren, in einem permanenten Sinnesrausch verbracht hatte.

Ich hätte noch Ewigkeiten mit ihm in dieser angenehmen Atmosphäre verbringen können, doch es war Zeit zum Aufbruch.

»Bis gleich, Chérie«, verabschiedete er sich und blieb sitzen, während die Servicekraft mich hinausgeleitete. Im Vorraum konnte ich wieder etwas sehen und gab mir einen Moment, um meine Augen an die zunehmende Helligkeit zu gewöhnen. Als ich schließlich die Treppen hinauf ging, wartete an der

Rezeption der Fahrer, der mich zur Limousine brachte und mir die verhasste Augenbinde anlegte. Hatte ich zuvor noch die vage Hoffnung gehegt, dass sein »bis gleich« vielleicht hieß, ihn im Auto zu sehen, so schwand diese in jenem Augenblick.

Ich wartete angespannt und konzentrierte mich auf die Jazz-Musik, die leise im Hintergrund gespielt wurde und hoffte, dass der Chauffeur die getönte Scheibe hochgefahren hatte, die ihn vom Innenraum trennte. Dann grinste ich, denn wenn nicht, so hatte er mit Sicherheit bald seine helle Freude an uns.

Im nächsten Moment ging die Tür auf und sein herber Duft versetzte mir einen Stich in der Brust. Sobald O. neben mir saß, bemerkte ich erst, wie sehr ich seine Gesellschaft vermisst hatte, auch wenn es nur Minuten gewesen waren. Spätestens jetzt wusste ich, dass ich ein großes Problem hatte.

»Hast du mich vermisst?«, stellte er mir die Frage erneut, auf die ich ihm nach wie vor eine Antwort schuldig war. Ich kämpfte vergeblich gegen den Kloß in meinem Hals an und wurde zu Wachs in seinen Händen, als er mich an sich zog und sanft an meinem Hals zu knabbern begann.

»Hast du?« Sein Atem streifte heiß meinen Nacken, als er die Frage in mein Ohr flüsterte und ich wusste so gut wie er, dass er nicht die letzten fünf Minuten gemeint hatte.

»Ja«, hauchte ich und hielt angespannt die Luft an.

»Das ist alles, was ich wissen muss«, raunte er heißer, kniete sich vor die Sitzbank, packte meine Hüften und zog meinen Unterkörper vor. Langsam schoben seine Hände mein Kleid nach oben und die elektrisierende Reibung seiner Finger verursachte mir eine neuerliche Gänsehaut. Die durch die Klimaanlage angenehm kühle Luft im Wageninneren streifte mein brennendes Zentrum, als er meine Beine spreizte und ließ mich vor Wonne die Zähne zusammenbeißen.

»Ich konnte den ganzen Tag an nichts anders denken als an diesen Moment.« Der Klang seiner sinnlichen Stimme jagte einen Schauer nach dem nächsten meinen Rücken hinab, dann tauchte er zwischen meine Schenkel und schenkte mir eine Kostprobe seiner Zunge. Ich stöhnte auf und krallte mich in dem weichen Leder fest, auf dem ich saß. Die Liebeskugeln hatten mich seit Stunden bereits derart aufgeheizt, dass es nicht mehr viel Zuwendung bedurfte. Langsam ließ er seine Zunge tiefer gleiten, bis er die Schnur gefunden hatte, die zu den Kugeln gehörte. Mit seinen Zähnen hielt er sie fest und begann nun, sie quälend langsam, Millimeter für Millimeter aus mir herauszuziehen. Mein Innerstes zog sich bei jeder Bewegung zusammen, ich bog mich ihm entgegen, schrie auf und meine Fingernägel zogen tiefe Furchen in den Sitz. Es war mir völlig egal, ob der Fahrer mich hören konnte, denn die unbändige Leidenschaft, die mich übermannte, ließ mich alles vergessen, was sich außerhalb dieses Kosmos aus Lust und Verlangen abspielte.

Die Kugeln glitten aus mir heraus und ihr Fehlen schmerzte richtiggehend. Ich hörte, wie er aufkeuchte, da er, den Geräuschen nach zu urteilen, jeden Tropfen meiner Erregung in sich aufnahm, der sich auf ihnen befand. Im nächsten Moment vergrub er sein Gesicht in meinem Schoß, schob seine Zunge tief in mich und brachte mich an den Rand der Hysterie.

»So einzigartig«, murmelte er, bevor er anfing das Spielzeug ganz langsam und vorsichtig wieder in mich zu schieben. Zwischenzeitlich kreischte ich nur noch, und als sein Mund erneut meinen wunden Punkt berührte, explodierte alles um mich herum in einem Feuerreigen, grelle Punkte wirbelten vor meinen Augen, verdichteten sich zu einem Lichtblitz, der mich beinahe das Bewusstsein hatte verlieren lassen.

Vielleicht war ich tatsächlich einen Augenblick weggetreten gewesen, das Nächste, an das ich mich erinnern konnte, waren seine starken Arme, die mich auf seinen Schoss zogen. Ich schmiegte mich an ihn, klammerte mich an seinem Nacken fest und legte meine Stirn gegen seine, als er mich endlich, anstatt der Liebeskugeln, ausfüllte.

»Nichts hat sich jemals so vollkommen angefühlt, wie du, Chérie«, keuchte er, als er mich an die nächste Ohnmacht heran trieb. Bevor ich mich erneut in meinen Sinnen verlor, fiel mir auf, wie Recht er hatte.

21. Abschied

Als ich in jener Nacht nach Hause gekommen war, konnte ich keinen Schlaf finden. Zu viele Dinge gingen mir durch den Kopf, meine Gedanken überschlugen sich und alles lief auf eines hinaus: Ich hatte mich tatsächlich verliebt. Zumindest nahm ich an, dass es so war, denn dieses Gefühl kannte ich nicht. In der Vergangenheit hatte ich natürlich hin und wieder Schmetterlinge im Bauch gehabt, hatte gedacht, verknallt zu sein. Doch das, was mich nun mit einer fast schmerzhaften Intensität einholte und überwältigte, das hatte ich noch nie zuvor verspürt.

War es denn möglich, sich in einen Fremden zu verlieben? Und wie definierte man fremd, wenn diese Person einem trotzdem näher gewesen war, als jeder andere Mensch zuvor?

Plötzlich vibrierte mein Smartphone und vor Aufregung hätte ich es beinahe vom Nachttisch geworfen. Mit klopfendem Herzen las ich seine Nachricht:

»Einige Grenzen wurden errichtet, um etwas Wertvolles zu schützen, doch manchmal nimmt man dem kostbaren Schatz dadurch die Luft zum Atmen. Erst, wenn die Grenzen gefallen sind, weiß man, ob man ihm Leben oder Verderben geschenkt hat.«

Ich weiß nicht, wie lange ich auf diese Zeilen gestarrt hatte, doch ich wusste, was er mir damit sagen wollte und hätte beinahe vor Freude geweint. Es ging ihm ähnlich wie mir, nur dass er seinen Kampf noch führte, während ich längst kapituliert hatte. Daher schrieb ich zurück: »*Wenn man gesichert über ein Hochseil balanciert, weiß man, dass man immer unbeschadet auf der anderen Seite ankommt. Doch man wird nie erfahren, ob man alles gegeben hat.*«

»*So poetisch zu solch später Stunde? Wahre Worte, Chérie.*«

Ich wartete noch eine ganze Stunde, doch es kam keine weitere Nachricht mehr. Der Morgen dämmerte, als ich endlich in den Schlaf fand, doch ich träumte wirre Sachen von Surfer-Boy, der Liebeskugeln in mich schob und dabei hämisch grinste.

Die drei darauffolgenden Wochen vergingen, als würde ich mich permanent in einer Nebelbank aufhalten. Ich sah, was um mich geschah, hörte die Leute reden, doch es erreichte mich nicht. Auch in die Selbsthilfegruppe hatte ich mich nicht mehr schleppen können, doch ich war mir ziemlich sicher, dass Jacob mir das mit Handkuss dankte. Allerdings hatte ich mir vorgenommen, am nächsten Tag ein letztes Mal hinzugehen, denn inzwischen sah ich einfach keinen Sinn mehr darin. Wer auch immer hinter der ersten Einladung gesteckt hatte, ich würde es nie herausfinden. Und nur hinzugehen, um Raul heimlich anzuschmachten, hatte ebenfalls seinen Reiz verloren. Ich hatte mein Herz verschenkt. An jemanden, dessen Gesicht ich mir nicht einmal im Geiste ausmalen konnte, weil ich nicht wusste, wie er aussah. Das sollte sich diesen

Samstag im Club ändern, ich hatte es mir fest vorgenommen.

Mein Nachrichtenkontakt mit O. war derweil immer verheißungsvoll, aber kryptisch verlaufen, hatte mir Mut gemacht, nur um im nächsten Moment wieder Selbstzweifel zu säen. Meine Hochs und Tiefs wechselten beständig ab, immer abhängig von der Bedeutung seiner Worte. In einem Moment war ich mir sicher, dass er das Gleiche für mich empfinden könnte, im nächsten fragte ich mich, wie ich nur auf so eine absurde Idee kam. Die Zeit zog sich so unwahrscheinlich lange hin und immer wieder ertappte ich mich bei dem Wunsch, dass er mich noch einmal bei der Arbeit überraschen könnte, meine Sehnsucht und mein Verlangen stillte, doch nichts geschah. Inzwischen hatten meine Zweifel wieder die Oberhand gewonnen und ich sehnte mich regelrecht nach dem nächsten Clubbesuch, um endlich einige Dinge klären zu können. Völlig egal wie es ausginge, danach würde es mir besser gehen. Da war ich mir ganz sicher. Manchmal zumindest.

Dass mir die Situation an die Substanz ging, merkte ich besonders, als ich mich einmal beim Einkaufen beobachtet gefühlt hatte. Während ich in der Gemüseabteilung stand und die Schälchen mit den Erdbeeren prüfte, glaubte ich, einen stechenden Blick auf mir zu spüren. Immer wieder hatte ich mich umgesehen, die Leute um mich beobachtet, doch niemand schien etwas von mir zu wollen. Mein Verstand hatte mir mehrmals einen dunklen

Schatten vorgegaukelt, der sich immer dann zwischen den Regalen zu verstecken schien, wenn ich aufsah. Eine geschlagene halbe Stunde war ich wie ein aufgescheuchtes Huhn zwischen den Gängen hin und her gelaufen, bis ich mir schließlich eingestanden hatte, dass da niemand war. Nichts außer dem drohenden Wahnsinn, der leise an die Hintertür klopfte.

Wenn ich in den drei Wochen nicht meinen trübsinnigen Gedanken nachgehangen hatte, dann hatte ich so gut wie jede freie Minute mit Jenny verbracht. Anfangs jedenfalls, denn seit einer Woche machte sie sich auf einmal ziemlich rar, reagierte nur schleppend auf Anrufe oder Textnachrichten. Ich hatte eine leise Ahnung, wer dahinter stecken könnte und betete, dass ich Recht hatte, nicht ganz uneigennützig natürlich.
Sie hatte einen schweren Schicksalsschlag einstecken müssen, niemand sollte den Menschen, den man liebt, in solch einer Situation vorfinden.
Wie sie mir in den letzten Wochen erst gebeichtet hatte, war sie an besagtem Tag nicht sofort zur Schlafzimmertür reingegangen, sondern hatte wie erstarrt davor dem Dirty Talk von Rick und seiner Schlampe gelauscht. Nachdem sie mir den O-Ton dessen wiedergegeben hatte, war ich den Rest des Tages damit beschäftigt, nicht kotzen zu müssen. Ekelhaft. Die Krönung des Ganzen war jedoch das Miststück, dass Rick wie einen jämmerlichen Gaul geritten hatte, denn nach Jennys Auftritt hatte sie

nichts Besseres zu tun gehabt als sie zu verhöhnen und auszulachen. Wenn ich nur daran dachte, kam mir die Galle hoch und nicht zum ersten Mal wünschte ich mir, es ihr für Jenny heimzahlen zu können.

Ein Detail dieser leidigen Situation verfolgte mich sogar bis in den Schlaf. Meine Freundin hatte erzählt, dass dieses Weib auf einer ihrer gemachten Brüste eine Barbie tätowiert gehabt hatte und eines Nachts war ich schreiend aufgewacht, weil eine Monstertitte mich im Schlaf verfolgt hatte, die bedrohlich auf und ab wippte, während Barbie auf ihr saß und mich verhöhnte.

Kopfschüttelnd machte ich mich auf den Weg in die Kantine, mein Magen knurrte und ich war gespannt, was Jenny zu ihrer Verteidigung zu sagen hatte.

O.

Ich bedauerte, das der Herbst langsam Einzug hielt, denn das bedeutete mehr Stoff am Körper, in diesem speziellen Fall - mehr Stoff an Lexis Körper. Und das war ein Frevel, denn dieser war zu perfekt, um ihn mit überflüssigem Textil zu verhüllen.

In den letzten drei Wochen hatte ich mich zurückgehalten, auch wenn es mir deutlich schwergefallen war. An manchen Tagen hatte ich sie auf meinem Bildschirm beobachtet und nicht wenige Male den Drang, sofort zu ihr zu stürmen, niederkämpfen müssen. Nach unserem letzten Date war mir jedoch klargeworden, dass ich über einiges nachzudenken hatte. Eigentlich hatte ich es vorher schon gewusst, doch erst seit jenem Abend war es nicht mehr zu leugnen gewesen: Ich empfand mehr für sie als ich mir eingestanden hatte. Mehr sogar als ich jemals zuvor bei einer meiner Partnerinnen verspürt hatte. In derselben Nacht noch hatte ich ihr eine Nachricht über meine wirren Gedanken geschickt und wusste durch ihre Antwort, dass es ihr ähnlich erging.

So hatte ich die vergangenen Wochen dazu genutzt, mir darüber klar zu werden, was ich wollte und ob ich mich auf das größte aller Abenteuer einlassen konnte. Lange Tage und schlaflose Nächte später wusste ich endlich, was ich zu tun hatte. Es gab nur den einen Weg. Diesen Samstag würde sich alles ändern.

Lexi

Auf dem Weg zur Selbsthilfegruppe lächelte ich glücklich vor mich hin, da es meiner Freundin so schnell wieder besser zu gehen schien. Nie hätte ich das vermutet, denn sie war länger mit Rick zusammen gewesen als die meisten Paar es schafften, doch bei unserem Gespräch heute Mittag wirkte sie ausgeglichen, beinahe fröhlich. Natürlich hatte ich sie wegen Eric gelöchert und ob er der Grund dafür war, doch sie hielt sich in dieser Hinsicht sehr zurück. Ich schnaubte verärgert, sollten sie doch alle glücklich werden mit ihren kryptischen Andeutungen und mich dumm sterben lassen. Dann musste ich darüber lachen. Ich fürchtete, dass die vergangenen Wochen langsam aber sicher an meinem Hirn gezehrt hatten.

Sobald ich den Raum betrat, in dem die Sitzungen der Gruppe abgehalten wurden, verschwand meine Fröhlichkeit jedoch schlagartig. Ich vermutete schon länger, dass es hier drin ein schwarzes Emotionsloch gab, das jegliche Gefühlsregungen absorbierte und armselige gemütslose Zombies hinterließ. Dann fiel mein Blick auf Eric, der mich fröhlich anstrahlte und revidierte meine Meinung. Es befiel anscheinend nur ausgewählte Leute. Leidlich stellte ich fest, dass ich wieder einmal die Letzte war und Surfer-Boy, Gentleman wie er war, extra den Stuhl neben sich freigehalten hatte, auf den ich mich widerwillig niederließ.

»Lexi, ich freue mich über alle Maßen Sie nach so langer Zeit der Abstinenz wieder zu sehen«, flötete er und ich seufzte ergeben. Er war dankbarerweise beim „Sie" geblieben, nachdem ich im Tequilarausch meine erzwungene Abneigung und Förmlichkeit vorübergehend vergessen hatte.

»Ich bin mir sicher, dass Jacob mich auch schmerzhaft vermisst hat.«

»Oh, davon können Sie ausgehen.« Er zwinkerte mir zu und ich lächelte tatsächlich zurück. Das war mein letzter Tag hier, da konnte ich durchaus auch mal nett sein. Irgendwie war ich froh, dass ich die traurige Gesellschaft hier nicht mehr länger würde ertragen müssen, doch auf der anderen Seite hatte ich sie wirklich gern gewonnen. Ich sah einen nach dem anderen an. Sally, die aufgetakelte Blondine, die gerade dem armen Will neben ihr etwas zuflüsterte, das ihn knallrot anlaufen ließ. Micha, den ich nur wippend und auf dem Boden wimmernd kannte, die MILFs, die laut ihrer eigenen Aussage mehr junge Kerle vernascht hatten als Marylin Monroe und Fischauge, dessen Name mir einfach nie einfiel und der noch nie ein Wort gesprochen hatte. Und dann war da noch Raul. Die sündigste Erscheinung seit der Erfindung des Mannes. Ein Typ, der das weibliche Geschlecht in die Knie zwang und es dazu brachte, ihn anzubeten sie flachzulegen. Kein Witz übrigens, das hatte ich am Anfang mit eigenen Augen gesehen, als die MILFs es versucht hatten.

»Halli Halloooooo meine Schäfchen, hier bin ich.« Ja. Und natürlich gab es noch Jacob. Der ewig näselnde, sich selbst verleugnende Schwule, der sich seine eigene sexuelle Orientierung nicht eingestehen wollte und darum diese Gruppe gegründet hatte. Ich wünschte, dass er dieselbe Leidenschaft, die er hier reinsteckte, darauf verwenden würde zu verstehen, dass Sex das Schönste und Normalste auf der Welt war, egal ob gleichgeschlechtlich oder nicht. Die Liebe kennt keine vorgefestigten Formen, sie kennt nur Herzen, die im Gleichklang schlagen.

»Lexi?« Der entsetzte Klang seiner Stimme riss mich aus meinen Gedanken.

»Hallo Jacob, es tut mir leid, ich war die letzten Wochen ... unabkömmlich«, antwortete ich so freundlich wie möglich.

»Nun, wie bedauerlich.« Mit zusammengekniffenen Augen sah ich ihn an und fragte mich, was er damit meinte? Dass ich unpässlich gewesen war, oder dass ich wieder hier war? Hatte ich gerade darüber nachgedacht, wie leid er mir tat? Pah, das konnte er sowas von vergessen.

»Ich habe für heute wieder etwas Tolles vorbereitet«, fuhr er fort, ohne mir weiter Beachtung zu schenken. »Wir alle sind nur Menschen, die den fleischlichen Verlockungen nicht immer gefeit sind. Daher möchte ich heute, dass jeder von euch ehrlich zu sich selbst und zu den anderen Mitgliedern ist und die letzte, zurückliegende Verfehlung beichtet.« Freudig klatschte er dabei in die Hände und so entging ihm, dass die Mehrheit der Mitglieder jegliche Gesichtsfarbe zu verlieren schien.

»Wer möchte anfangen?« Als sich nach zwei Minuten, in denen er uns mit seinem gruseligen Blick anstarrte, niemand gemeldet hatte, kam er in den Stuhlkreis und zog Micha in die Mitte, der sichtlich zu zittern begonnen hatte.

»Micha, bitte, erzähle uns von deiner letzten Entgleisung, die dich vom rechten Pfad abgebracht hat.« Doch dieser schüttelte nur immer wieder den Kopf, mittlerweile bebte sein gesamter Körper.

»Keine Entgleisung. Keine Entgleisung. Keine Entgleisung«, stammelte er monoton vor sich und ich hatte Angst, dass er jeden Augenblick in Ohnmacht fiel. Endlich hatte Jacob ein Einsehen und holte stattdessen Will in den Stuhlkreis und deutete diesem mit hektischen Winkzeichen an, dass er loslegen sollte.

»Ich liebe meine Frau, aber manchmal fällt es mir schwer ihr treu zu bleiben.« Dabei schielte er auf Sally und ich verzog angewidert den Mund.

»Meine letzte Verfehlung hatte ich vor vier Wochen. Es tut mir leid.« Langsam schlurfte er wieder zu seinem Stuhl zurück und Jacob zeigte auf Eric. Jetzt wurde es interessant. Ich erwachte aus meiner Halbtodesstarre, die ich mir hier angeeignet hatte und rieb mir grinsend die Hände. Während er aufstand, grinste er zurück.

»Meine letzte ähm, nun, Entgleisung, wie es genannt wurde, liegt drei Wochen zurück.« Ich starrte ihn mit offenem Mund an, als er sich wieder setzte. Verdammt. Das konnte wieder alles Mögliche bedeuten. Wenn er O. war, dann war sein Stelldichein mit mir gewesen, war er es nicht, dann käme das letzte Clubtreffen in Frage. Verflixt, ich hatte mir von seiner Antwort mehr erhofft und so wie er mich ansah, schien er das zu wissen.

»Lexi wärst du so nett.« Bei meinem Namen war Jacobs Enthusiasmus plötzlich verschwunden, was meine Theorie mit dem schwarzen Loch bekräftigte. Ich stand auf und vermied möglichst irgendwen anzusehen.

»Meine Verfehlung liegt ebenfalls drei Wochen zurück«, sagte ich knapp und setzte mich wieder.

»Himmel, man könnte gerade meinen, dass hier alle miteinander zugange seien, so wie sich das anhört.« Jacob schüttelte den Kopf und schien wirklich erschüttert zu sein. Verstohlen sah ich zu Raul, ich konnte es kaum erwarten, dass er an der Reihe war.

»Sally, bitte mache weiter.« Ich seufzte, denn ich konnte mir schon denken, was sie zu erzählen hatte, der arme Will neben ihr wurde bereits ganz unruhig. Sie stellte sich provokant in die Mitte und lächelte Jacob an.

»Bei mir ist es drei Wochen her«, sagte sie schließlich. Ich runzelte verwirrt die Stirn. Hatte Will nicht gesagt, dass es vier Wochen waren? Bei ihr würde es mich jedenfalls nicht wundern, wenn sie zwei- oder mehrgleisig fahren würde.

»Da gibt es so einen Typen, mit dem hab ich schon ´ne Weile ´ne Affäre laufen, aber seine Tussi hat uns neulich erwischt, das war total ätzend.« Sie kaute laut und schmatzend auf ihrem Kaugummi herum, so dass ich mich schwer auf ihre Worte konzentrieren konnte. Sie fand es ätzend, erwischt worden zu sein, aber nicht, dass sie jemanden hinterging? Ich merkte, wie mich dieses Thema richtig wütend machte, vor allem, da meine beste Freundin momentan die andere Seite der Geschichte durchmachte.

»Sehr informativ Sally, möchtest du uns vielleicht erzählen, wie du dich dabei gefühlt hast?«, merkte Jacob an und in mir begann es zu brodeln. Wie *sie* sich gefühlt hatte? Und was war mit der Betrogenen? Dachte hier vielleicht auch mal jemand an sie? Ich ballte meine Hände zu Fäusten und zwang mich ruhig und tief durchzuatmen. Ich schnappte Erics fragenden Blick auf, doch ich traute mich nicht zu antworten, denn ich war mir nicht sicher, ob die richtigen Worte herauskämen, oder ob ich Sally aufs Übelste beschimpfen würde.

»Ich hab mich echt scheiße gefühlt. Ich mein, wir waren gerade so richtig dabei, ich hab ihn ordentlich geritten und ihm gezeigt, was er bei Frauchen nicht bekommt, da schneit einfach seine Alte rein und verdirbt uns den ganzen Spaß. Das fand ich nicht in Ordnung, das war echt uncool.« Sie formte eine riesige Kaugummiblase und ich sah nur noch rot. »Naja, als ich die gesehen hab, da war mir schon klar, warum er lieber 'ne andere vögelt. Braves zierliches Hausfrauchen halt. Was zum Vorzeigen aber zum Spaß taugt die nichts.«

Ich konnte kaum noch an mich halten, diese ganze Situation kannte ich, nur aus einer anderen Perspektive. Ich spürte Erics Hand, die plötzlich über meiner lag, weil er mich beruhigen wollte, doch mit einem Mal war mir alles klar. Ich stand so heftig auf, dass mein Stuhl nach hinten kippte und alle Köpfe zu mir herumfuhren. Jacob war einen Schritt nach hinten ausgewichen, doch ich ging schnurstracks auf Sally zu und zog wortlos ihren Ausschnitt nach unten. Ich hatte mir schon gedacht, dass sie keinen BH tragen würde und als ich dann den gesuchten Beweis gefunden hatte, machte es irgendwo in meinem Kopf klick. Auf ihrem prallen

Busen prangte eine Barbie, deren zahnarztfreundliches Lächeln mich dämlich angrinste.

»Hey ich glaub, du spinnst, was -»

Meine Faust, die ich noch immer geballt hatte, schnellte vor, mitten in Sallys Gesicht. Das hässliche Knacken ihrer Nase, die ich wohl gebrochen hatte, ging im allgemeinen Aufschrei der Gruppe unter. Im nächsten Moment wurde ich von hinten gepackt und von ihr fortgezogen. Mehrere Arme hielten mich fest, denn ich wollte zurück, wollte ihr noch eine verpassen und ihr all das Leid zurückgeben, das sie über Jenny gebracht hatte, doch gegen so viel geballte, männliche Kraft kam ich nicht an. Und da, auf einmal - spürten meine Sinne es. Die Nähe dieser einzigartigen Präsenz, die nur ein Mensch auf dieser Welt hatte und die ich seit drei Wochen so schmerzlich vermisste. Sobald ich losgelassen wurde, drehte ich mich um, doch alle Männer aus der Gruppe, sogar Fischauge und Micha, hatten sich daran beteiligt, mich von der Schlampe wegzuziehen. Verdammt. O. war hier, hier in dieser Gruppe. Verzweiflung überkam mich und meine Augen füllten sich mit Tränen. Auch das noch. Er war hier. Zum Greifen nahe.

»Lexi, was um Himmels willen erlaubst du dir?«, fing Jacob mit seiner Schimpftirade an, dann redeten alle wild durcheinander auf mich ein. Ich war jedoch nicht fähig, mich zu konzentrieren, sie sollten mich in Ruhe lassen. O war hier, *verdammt.*

»Dieses brave Hausfrauchen, von der sie gesprochen hat, das ist meine beste Freundin und der

Dreckskerl, mit dem sie Cowboy gespielt hat, war ihr Partner. Sie hat es nicht anders verdient und wenn ich könnte, würde ich ihr die verdammte Visage -«

»Gut, das reicht jetzt«, mischte sich Eric ein und zog mich aus dem Raum.

Das war er also gewesen, mein letzter Besuch in der Selbsthilfegruppe. Ich wette, sie würden mich nicht vermissen. Vor der Tür wartete Jenny auf uns und panisch delegierte ich sie in Richtung Parkplatz.

»Was ist denn mit euch passiert, ihr seht aus, als seid ihr auf der Flucht?«

»Frag nicht«, sagten Eric und ich unisono. Es war nicht nötig, dass sie nochmal der Frau begegnete, die ihr so viel Leid zugefügt hatte. In diesem Moment war ich froh, dass ich immer eine der Ersten gewesen war, die aus der Tür gestürmt waren, so dass die beiden sich nie vorher gesehen hatten. Seit Jennys Entdeckung war ich zwar ohnehin nicht mehr in der Gruppe gewesen, aber ich war mir nicht sicher, ob Sally nicht gewusst hatte, wie Ricks Freundin aussah, schließlich hingen genug Bilder der beiden in ihrer Wohnung und es würde ihre Eifersucht erklären.

»Okay?« Jenny wirkte verwirrt. »Die letzte Stunde scheint nicht so gut gelaufen zu sein?« Ich rieb meine schmerzenden Fingerknöchel und lächelte ihr zu. Eric schwieg betreten.

»Na schön, wenn mir keiner verraten möchte, was passiert ist, dann lasst uns noch ein letztes Mal unseren gemeinsamen Kaffee trinken gehen.«

»Wisst ihr«, warf ich ein, »ich finde, heute darf es ruhig was Stärkeres sein.«

»Ach ja und was?«

Eric und ich sahen erst uns an, dann Jenny: »Tequila.«

22. Die Maske fällt

Jenny hatte mich zu ihrem Helden des Jahres erklärt. Sie hatte mir eine Medaille aus einem dieser goldüberzogenen Schokoladentaler gebastelt und mir mit Tränen in den Augen umgehängt. An jenem Tag hatten wir ihr erst von Sally erzählt, nachdem wir längst in der Bar gewesen waren, in der ich zuvor die unschöne Begegnung mit dem Tequila gehabt hatte. Als sie von uns erfuhr, was sich in der Gruppe abgespielt hatte, war sie mir heulend um den Hals gefallen. Sie hatte Eric angeschnauzt, weshalb er mich von Sally weggezogen hatte, was ich natürlich mit einem Grinsen quittierte.

Es fühlte sich merkwürdig an, auf diese Art aus der Gruppe auszutreten, die mir tatsächlich ein wenig ans Herz gewachsen war. Auf der anderen Seite war ich erleichtert, nicht mehr hingehen zu müssen, Jacobs Stimme hätte mich eines Tages sicherlich in den Wahnsinn getrieben.

Die darauffolgenden Tage hatten wir wie in guten alten Zeiten verbracht. Nach der Arbeit war Jenny vorbeigekommen, wir hatten uns die kitschigsten Liebesfilme angeschaut, die wir finden konnten und ungesundes Zeug in uns reingestopft. Die Kalorienangaben der Süßigkeiten auf der Verpackung hatte sie mit schwarzem Edding übermalt, damit wir uns nicht allzu schlecht fühlten. Wir hatten echte Frauengespräche geführt, wie schon seit Jahren nicht mehr und uns unzählige Krankheiten ausgedacht, die wir Rick an den Hals gewünscht hatten. Tripper war noch eine harmlose davon. Meine subtilen Versuche etwas über ihr mögliches Interesse an Eric herauszubekommen, waren jedoch nach wie vor fehlgeschlagen.

Es hatte so gut getan, den Kopf etwas freizubekommen, nicht ständig an O. und den Club denken zu müssen. All die Ablenkung hatte mich jedoch nur vorübergehend vor dem heutigen Tag gerettet, dem Clubsamstag, an dem ich ihn zur Rede stellen wollte. Was hatte ich mir im Geiste nicht alles zurechtgelegt, war durch meine Wohnung getigert und hatte laut geübt, was ich auf dem Herzen hatte. Und nun, da es nicht mehr ganz eine Stunde war, bis ich abgeholt wurde, hätte ich mich vor Aufregung in einer Tour übergeben können. Als es läutete, saß ich noch lange auf meinem Bett, unfähig mich zu rühren. Vielleicht war dies heute der letzte Abend, an dem ich ein Kleid von ihm geschickt bekam und der letzte Clubbesuch? Schließlich fasste ich mir ein Herz und ging nachsehen.

Bereits als ich den goldenen Karton sah, verschlug es mir beinahe die Sprache. Er war riesig. Schnaubend schaffte ich es irgendwie, diese Monstrosität in mein Schlafzimmer zu schleifen und auf dem Bett abzulegen. Mein Herz raste und noch bevor ich den Deckel öffnete, wusste ich, dass es etwas ganz Besonderes sein musste. Ich sollte Recht behalten.

In diesem Moment klingelte es erneut und irritiert ging ich zur Tür. Dort stand eine kleine, ältere Dame, die plötzlich in Französisch auf mich einredete, während sie schnurstraks an mir vorbei marschierte. Ich verstand kein Wort und lief ihr eilig hinterher. »Äh, Hallo? Moment bitte?«, rief ich ihr zu, während sie durch die Wohnung wuselte. Weit kam sie nicht, da ich recht bescheiden lebte. Sie schien etwas zu suchen und ich stand unter Zeitdruck, einen ungünstigeren Moment für verrückte alte Damen, die unbescholtene Bürger überfallen, hätte es nicht geben können.

Endlich blieb sie stehen und fuchtelte wild mit ihren Händen in der Luft. »Wo Kleid?«, fragte sie und langsam dämmerte es mir.

»Hat O. Sie geschickt?« Sie sah mich jedoch nur fragend an, also schob ich sie ins Schlafzimmer und zeigte auf den geöffneten Karton.

»Ah, magnifique.« Dann bedeutete sie mir, dass ich mich ausziehen sollte und als ich noch einen Blick auf das Kleid riskierte, war ich tatsächlich erleichtert, dass er jemandem geschickt hatte, mir behilflich zu sein. Ich wusste nicht, wie ich es alleine zubekommen hätte.

Eine halbe Stunde später stand ich vor meinem silbernen Standspiegel und sah mich ungläubig darin an, während die ältere Dame neben mir freudig in die Hände klatschte. Ich hielt meine zitternde Hand vor den Mund und musste mich zwingen, nicht zu weinen. Ganz vorsichtig strich ich immer wieder ehrfürchtig über den zarten Stoff des schulterfreien, dunkelroten Ballkleides im Duchesse-Stil. Der herzförmige Ausschnitt war am oberen Rand mit Diamanten verziert, die an der Taille mehrreihig senkrecht hinabliefen. Zumindest nahm ich an, dass es Diamanten waren, nicht, dass ich je viele gesehen hatte. Die Taille ging in einen Traum aus Tüll über, der sich bodenlang um mich ergoss und in dem ebenfalls vereinzelte Edelsteine eingenäht worden waren. Durch den Reifrock, den ich darunter trug, sah es einfach atemberaubend aus und ich fühlte mich an meine Kindheit zurückerinnert, in der ich Filme wie „Sissi" auch der Kleider wegen geliebt hatte. Die Corsage wurde im Rücken mit einem Band geschlossen, bei dem ich zum Glück Hilfe gehabt hatte.

Immer wieder drehte ich mich und sah mich von allen Seiten an. Solch ein Kleid zu tragen war irgendwie surreal und ich fragte mich, ob es heute einen besonderen Anlass im Club gab und was die anderen Gäste wohl anhatten? Die Dame an meiner Seite, die ebenfalls kein Wort von dem verstand, was ich zu ihr sagte, hatte meine rote Mähne in kürzester Zeit zu einer Hochsteckfrisur gezaubert. Ich hatte mich zuvor bereits geschminkt, dezent bis auf die roten Lippen, wie immer, daher dachte ich, dass ich fertig sei. Doch in diesem Moment kam sie lächelnd auf mich zu, in der Hand eine rote Schatulle aus Samt haltend. Ich erstarrte und versuchte den Kloß in meinem Hals zu ignorieren. Ich ließ meine Finger sanft über den roten Stoff fahren, bis die Neugierde siegte. Langsam öffnete ich die Schatulle und als ich sah, was darin lag, liefen schließlich doch ein paar Tränen meine Wangen hinab.

Zittrig nahm ich das Collier aus Weißgold heraus, das ringsum mit Brillanten besetzt war, bis auf den ovalen Anhänger, der einen Diamanten fasste, dessen Größe mich in einen Zustand panischer Schnappatmung versetzte.

»Großer Gott«, stammelte ich und bemerkte kaum, wie ich mich auf mein Bett sinken und von der Dame das Collier umlegen ließ. Erst jetzt sah ich die Nachricht, die in der Schatulle gelegen hatte.

Ein Diamant verkörpert vier wichtige Ideale.
Zwei, die ich sehr an Dir schätze: Stärke und Schönheit.
Und zwei, die mir noch fremd sind: Liebe und Ewigkeit.
Zeig sie mir, Chérie.
O.

Großer Gott, wenn ich nicht ohnehin gesessen hätte, dann wäre ich in diesem Augenblick der Länge nach hingefallen, denn meine Beine gehorchten mir nicht mehr. Durch den Tränenschleier, der sich in meinen Augen gebildet hatte, war es mir nicht mehr möglich, die Worte noch einmal zu lesen, und ich schniefte ziemlich undamenhaft. Die ältere Frau strich mir beruhigend über den Rücken und sprach tröstend zu mir. Zumindest nahm ich an, dass sie das tat, vielleicht erzählte sie mir auch nur ihr Lieblingsrezept. Dann stieß sie mich an und gab mir lächelnd ein weiteres Accessoire.

Staunend betrachtete ich die goldene, ebenfalls mit einigen Brillanten verzierte Maske, die ich ihr abgenommen hatte. Langsam stand ich auf, wegen meiner wackeligen Beine konnte ich nicht anders, doch selbst wenn ich gewollt hätte, dieses Ungetüm von Kleid ließ schnelle Bewegungen gar nicht zu. Ich setzte mir die Maske auf und besah mein Gesamtbild im Spiegel. Das war nicht ich, das war eine wunderschöne Frau aus einem magischen Märchen.

Obwohl die Frau extra zu mir geschickt worden war, saß sie später nicht mit in der Limousine, was natürlich auch daran gelegen haben könnte, dass ich mit meinem Kleid den Platz von vier Personen einnahm. Ich war allein mit all den Gedanken, der Hoffnung, die durch seine Worte neu entfacht worden war und meinem wild pochenden Herzen, das jetzt vor Aufregung doppelt so schnell schlug. Heute war jedoch etwas Grundlegendes anders als sonst. Man hatte mir keine Augenbinde angelegt. Trotz der wieder recht angenehmen Temperaturen, inzwischen war es September, fingen meine Handflächen vor Nervosität an zu schwitzen, als mir die Bedeutung dessen bewusst wurde. Es spielte augenscheinlich keine Rolle mehr, ob ich wusste, wo sich das Herrenhaus befand. Er versteckte sich nicht länger vor mir. Oh Gott ich war so nervös, dass ich mich sehnsüchtig nach Alkohol umsah, doch heute war keiner deponiert worden.

Den Rest der Fahrt, die aus der Stadt aufs Land hinaus führte, hatte ich damit zugebracht, mir immer und immer wieder den Moment vorzustellen, den ich mir so lange herbeigesehnt hatte. Bald würde ich O. gegenüberstehen, würde endlich in seine Augen blicken und darin lesen können, sein Gesicht sehen. Ich wusste, dass er in der Selbsthilfegruppe war, doch inzwischen war es mir egal, ob es Fischauge, Eric oder Raul war, denn für mich zählte nur, wie ich mich fühlte, wenn ich bei ihm war: Mit allem im Reinen und endlich angekommen, im Leben sowie in der Liebe.

Die Limousine hatte angehalten und ich atmete tief durch. Der Chauffeur öffnete die Tür und sogleich waren Gerard und die ältere Dame zugegen, um mir beim Aussteigen behilflich zu sein, was sich als nicht ganz einfach herausstellte. Nachdem sie mehrmals um mich herum gelaufen war und den vielen Stoff an seinen richtigen Platz drapiert hatte, nickte sie mir anerkennend zu. Ich war so weit.

Der Butler wartete auf ihr Zeichen. »Madame - Sie wissen schon«, sagte er knapp und angesichts seines mürrischen Auftretens hätte ich beinahe gelacht. Langsam folgte ich ihm mit dem Wissen, dass sich heute alles ändern würde. Ich sah mich noch einmal zum Fahrzeug um, an welchem der Fahrer mir zulächelte, seine Mütze vom Kopf zog und eine Verbeugung andeutete. Der Kloß in meinem Hals schien immer größer zu werden.

Sobald ich die Vorhalle betrat, fiel mir die erste Veränderung auf: Musik. Aus dem Ballsaal erklangen die sanften Töne eines Streichorchesters und entlockten mir ein freudiges Lächeln. Nun konnte ich es kaum erwarten einzutreten.

Gerard war plötzlich verschwunden und mit lautem Herzklopfen betrat ich den Saal, in dem heute ein Maskenball stattfand, wie ich an den anderen Gästen nun sehen konnte. Natürlich hätte mir das anhand meiner Maske bereits klar sein können, doch mein Gehirn funktionierte heute nur noch auf Sparflamme.

Und dann geschah etwas Seltsames. Als ich in den Raum ging, verstummten plötzlich nach und nach die Gespräche der anderen Gäste und ein Raunen ging durch die Menge. Wieder einmal wünschte ich mir, dass ich mich in Luft auflösen könnte, doch ich reckte mein Kinn und ging weiter. Jetzt erst sah ich, dass O. tatsächlich ein kleines Orchester extra für diesen Ball hatte kommen lassen, das vor der Spiegelwand aufgestellt war und dessen wundervolle Klänge eine tiefe, unerklärliche Sehnsucht in mir weckten.

Ich musterte verstohlen die anderen Gäste, die mich unverhohlen weiterhin ansahen, und stellte erstaunt fest, dass die Damen zwar ebenfalls Ballkleider trugen, doch keines war so ausladend und märchenhaft anmutend wie meines. Ich wusste nicht, ob ich O. verfluchen sollte, da ich dadurch noch mehr auffiel, oder ob ich mich freuen sollte, dass er mich in diesem Kleid hatte sehen wollen. Mir fiel außerdem auf, dass es heute keinen Farbdress zu geben schien, denn ich war die Einzige, die rot trug, die Farben der anderen Damen waren breit gefächert. Und plötzlich erinnerte ich mich an seine Worte als er mir zum ersten Mal Rosen geschickt hatte: *Der Duft der roten Rosenblätter ist am intensivsten von allen und regt die Sinne an.* Wollte er deshalb, dass ich diese Farbe trug, weil ich seine Sinne anregte? Ich atmete tief durch und sorgte mich erneut um mein geistiges Wohlbefinden. Mit Sicherheit interpretierte ich zu viel in das Kleid hinein, also zwang ich mich zu anderen Gedanken.

Mein Blick blieb staunend an dem Buffet hängen, das nicht von dieser Welt zu sein schien. Die Köche hatten sich mit den erlesenen Speisen selbst übertroffen und ich überlegte mir kurz, ob ich wohl ein Foto machen konnte, entschied mich jedoch dagegen. Für diese Gesellschaft schien solch ein prachtvoll gedeckter Tisch normal zu sein, ich wollte mir nicht ausmalen, was sie über mich dachten, wenn ich plötzlich Bilder davon schoss.

»Lex?«

Was zur Hölle ... »Jenny?« Dann fiel mir meine beste Freundin um den Hals, sie versuchte es jedenfalls, das Kleid hielt sie weitestgehend davon ab. Meine Freundin war hier, im Club Secret, einem Ort, an dem ich sie als Letztes auf der Welt vermuten würde.

»Jenny was machst du hier? Versteh mich nicht falsch, ich freue mich riesig, aber was tust du hier?«

»Ist das nicht toll? Ich habe eine Einladung bekommen, dein geheimnisvoller Fremder war wohl der

Ansicht, dass ich hier meinen Liebeskummer vergessen könnte.«

»Das ist großartig, aber, äh ... du weißt, worum es hier geht?«

Sie grinste mich an, fasste mich an den Händen und nickte lächelnd. »Ja, um ein neues Abenteuer.«

Ich seufzte und drückte ihre Hand. Nach dieser langen Abstinenz hatte sie sicherlich viel aufzuholen, ich hoffte, dass es die richtige Medizin für sie war.

»Oh Gott Lex du siehst einfach umwerfend aus.« Verlegen bedankte ich mich für das Kompliment und sah erst jetzt den hellblauen Traum aus Seide, den sie trug und der perfekt zu ihrem hellen Teint passte.

»Ich fasse es nicht, dass du hier bist, das ist so wundervoll«, wiederholte ich mich und meinte es ernst. Meine beste Freundin an diesem Abend bei mir zu wissen war das Beste, das mir heute passieren konnte. Naja, vielleicht das Zweitbeste.

Nachdem wir uns an dem sündigen Buffet bedient hatten, ließ ich zum wiederholten Mal meinen Blick durch den Raum schweifen. Da heute ausnahmslos alle Gäste Masken trugen, war es schwer ein bekanntes Gesicht auszumachen. Obwohl Jenny hier war, war Surfer-Boy noch nicht aufgetaucht. Ich betete, dass dies nichts Schlimmes für mich bedeutete.

Kurz darauf begannen die ersten Paare zu tanzen und ich sah fasziniert den fließenden Bewegungen der Ballkleider zu, die mit den Leuten im Takt schwangen und mich in eine weit zurückliegende Zeit zu tragen schienen. Plötzlich schoben sich zwei Arme von hinten um meine Taille und ich zuckte erschrocken zusammen.

»Hab keine Angst, Chérie«, hauchte er an meinem Ohr und vor Freude hätte ich am liebsten aufgeschrien. Ich wollte mich zu ihm umdrehen, ihn endlich sehen, doch ich schaffte es nicht mich aus seiner Umarmung zu winden.

»Noch nicht«, flüsterte er und legte mir die verhasste Augenbinde um. Ich wollte schreien und um mich treten, doch durch den vielen Stoff wäre ich sicherlich schnell ausgebremst worden.

»Warum?« Ich klang genauso frustriert wie ich mich fühlte.

»Weil ich dich erst noch um einen Tanz bitten will und ich habe das vage Gefühl, dass wir nicht mehr dazu kommen werden, sobald mein Geheimnis gelüftet ist.«

Ich schmunzelte, damit könnte er Recht haben. So ließ ich mich von ihm auf die Tanzfläche führen, wo er mich sicher in den Arm nahm und einen langsamen Takt vorgab. Wie im Rausch blendete ich alles um mich herum aus und nahm nur noch ihn wahr.

»Ich würde dir gerne sagen, wie wunderschön du heute aussiehst, doch ich fürchte, dass dies eine bodenlose Untertreibung ist.«

Während wir uns zu den Takten des Walzers drehten, lächelte ich versonnen über seine Worte und konzentrierte mich auf seinen herrlichen Duft, der sich um mich legte und mich gefangen nahm, wie immer, wenn er bei mir war. Seine Nähe streichelte liebevoll meine Sinne und meine Seele. Wir wurden immer langsamer, kamen aus dem Takt, bis wir schließlich aufhörten zu tanzen und stehen blieben.

»Du bist so wunderschön Lexi.« Etwas an seiner Stimme war anders. Während in der Vergangenheit stets die Leidenschaft aus ihm gesprochen hatte, konnte ich nun deutlich ein Zittern heraushören. Dann ließ er mich einfach los, ich stand plötzlich mit laut klopfendem Herzen allein auf der Tanzfläche und konnte nichts sehen. Was ging hier vor? Eine gefühlte Ewigkeit später löste sich die Binde endlich, ich hatte mich so sehr danach gesehnt, ihn zu sehen, dass ich sofort die Augen aufriss und den Mann anstarrte, der vor mir stand.

»Eric?« *Nein*. Oh bitte lieber Gott, nein. Das konnte nicht sein, das war einfach falsch. Eric durfte nicht der Mann sein, der mich vervollständigte, meine Gefühle hatten mich doch nicht derart trügen können? Meine Augen füllten sich mit Tränen der Verzweiflung und Enttäuschung, während ich ihn fassungslos ansah. Er schien jedoch seine Freude an dieser Situation zu haben, zumindest strahlte er so hell wie die Sonne. Meine Gedanken rasten, zeigten mir wirre Dinge auf und ich wollte nur noch eines: Von hier verschwinden, alles hinter mir lassen und nie wieder darüber nachdenken müssen, wer der Mann war, dem ich mein Herz geschenkt hatte. Durch das Kleid war mir nicht einmal eine schnelle Flucht möglich, ich sah mich schon stolpern und auf dem Boden liegen, bei dem Versuch, dieser Schmach zu entkommen.

»Das kann nicht sein«, stammelte ich immer wieder und schüttelte verzweifelt den Kopf. Und doch schien es so. Eric hob mein Kinn sachte an und sah mir in die Augen.

»Was sagt Ihnen Ihr Herz?«

»Dass es nicht richtig ist.«

»Warum?«

»Weil es sich nicht so anfühlt. Keine Magie, kein Zauber«, stammelte ich.

»Sind Sie sich ganz sicher?«

»Ja.« Erneut war ich den Tränen nahe und wollte nur noch nach Hause, all das für immer aus dem Gedächtnis löschen.

»Folgen Sie Ihrem Herzen«, sagte Eric mit sanfter Stimme und als ich plötzlich die einzigartige Präsenz wahrnahm, auf die ich gewartet und die ich herbeigesehnt hatte, wusste ich, was er gemeint hatte. Neu aufkeimende Hoffnung vertrieb meine Verzweiflung und eine nie gekannte Sehnsucht strömte durch meinen Körper. Ich folgte meinem Herzen und drehte mich wie in Zeitlupe um, ignorierte die Schmetterlinge in meinem Bauch, die verrückt spielten, und zwang meine Beine, noch ein bisschen durchzuhalten und nicht unter mir wegzusacken.

Und da stand er und schenkte mir ein Lächeln, das mir den Atem raubte.

»Raul«, flüsterte ich, während sich alles in meinem Kopf zu drehen begann. Er kam langsam auf mich zu, nahm meine zitternden Hände in seine und sah mich liebevoll an.

»Aber ..., warum O.?« Ich brachte kaum ein Wort heraus, sobald ich mich in den Tiefen seiner dunklen Augen verloren hatte.

»Olivier Raul Blanchard«, erwiderte er mit dieser Stimme, die mir unter die Haut ging, mir eine Gänsehaut verursachte, die Schmetterlinge in meinem Bauch frei ließ und durch meinen Körper sandte. Als ich nun beide Männer direkt hintereinander sprechen hörte, wusste ich, weshalb ich mir nie sicher gewesen war. Ihre Stimmen ähnelten sich unglaublich, beide hatten diesen tiefen, vibrierenden Klang, der Frauen verrückt werden ließ. Speziell mich. In diesem Augenblick, in dem sich alles zu fügen schien, kam es mir jedoch plötzlich absurd vor, dass ich vor einer Minute noch geglaubt hatte, Surfer-Boy sei mein O. Dann dämmerte mir etwas. »Olivier Blanchard wie bei Blanchard Enterprise? Meiner Firma?«

»Ja.«

»Du bist mein Chef?« Der Raum begann zu verschwimmen.

»Mir gehört die Firma, dein Chef ist jemand anderes.«

»Aber ist das nicht dasselbe?« Da war ich, am Ziel meiner Träume, nur um zu erfahren, dass der Mann, der seit einem halben Jahr meine Gedanken beherrschte, Inhaber der Firma war, in der ich arbeitete. Ein Verhältnis mit dem Chef, das war ein absolutes No-Go. »Warte, dann warst du der geheimnisvolle Lauscher in der Firma, den ich mir zum Glück nicht eingebildet habe?«

»Ich musste doch über alles informiert sein«, grinste er. »Es war nicht immer einfach für mich, dich nur zu sehen, ohne deine Stimme zu hören. Und bevor du böse auf mich wirst, möglicherweise habe ich den Sinn der Überwachungskameras missbraucht, um dir nahe sein zu können. Jeden Tag habe ich mich in deinem Anblick verloren Chérie. Wenn du mit deiner Freundin zusammen warst, hat mich die Neugierde über eure Gespräche dazu getrieben zu lauschen. Ich musste wissen, ob du über mich redest, ob ich in deinen Gedanken war, so wie du es in meinen warst.«

Mit offenem Mund sah ich ihn ungläubig an. »Du hast mich gestalkt?«

»Das ist eine etwas unschöne Formulierung dessen, aber ja.« Er wirkte ehrlich zerknirscht, wie er mit gesenkten Schultern da stand und ein warmes Gefühl machte sich in mir breit. Er hatte mich so sehr begehrt, dass er mich immerzu beobachtet hatte. Die Freude darüber überwog und wie hätte ich ihm bei diesem Blick auch böse sein können? So lächelte ich ihn an, strahlte mit Eric, dem Verräter, um die Wette.

»Und nein, für mich ist es nicht dasselbe, dass ich nicht dein direkter Chef bin«, fuhr Raul leise fort, während er mich in seine Arme zog. Seine Nähe vertrieb alle Gedanken, bis auf den, ihn endlich zu küssen. Seine Hände umfassten mein Gesicht, mit den Daumen strich er sanft an meinen Wangen entlang und das Kribbeln in meinem Magen nahm deutlich zu.

»Deshalb die Augenbinde?« Das Sprechen fiel mir immer schwerer, denn mein Blick hatte sich auf seine Lippen geheftet, die so verdammt sexy waren, wie ich sie mir vorgestellt hatte. Er nickte nur und kam kaum merklich näher.

»Aber ich habe doch gar nicht gewusst, wer du bist, sonst hätte ich Raul gleich in der Gruppe erkannt«, hauchte ich, kaum noch fähig, einen klaren Gedanken zu fassen.

»Das war mir klar geworden, als ich in die Gruppe gekommen war, doch danach hättest du mich als Raul erkannt.«

»So sexy und so schlau«, flüsterte ich und befeuchtete unbewusst meine Lippen, was ihn aufstöhnen ließ.

»Was tust du nur mit mir?« Er fuhr mit seinem Daumen über die feuchte Stelle und sog scharf die Luft ein. Er war mir jetzt so nahe, dass ich seinen Atem spüren konnte und glaubte, dass er meinen lauten Herzschlag hörte. Dass die Musik inzwischen aufgehört hatte zu spielen und die Menge um uns zurückgewichen war und einen Kreis gebildet hatte, bekam ich zu diesem Zeitpunkt nicht mehr mit. Jenny hatte es mir später erzählt.

Jede Faser meines Körpers sehnte sich nach ihm, wollte ihn spüren und schmecken, wollte jeden Millimeter von ihm endlich sehen und verschlingen. Meine Finger fuhren seinen Rücken entlang, gaben ihm ein Versprechen, als er sich zu mir beugte.

»Du bist es alles wert«, sagte er kaum hörbar, dann hob er sanft mein Gesicht an und nach qualvollen Monaten des Entbehrens spürte ich endlich seine Lippen auf den meinen. Ich schlang meine Arme um seinen Nacken und hieß ihn willkommen. In dem Moment, in dem unsere Lippen miteinander verschmolzen, fuhren tausende kleine Stromstöße durch mich hindurch und setzen mich in Flammen. Ich brannte lichterloh und sein Geschmack raubte mir jegliche Sinne. In diesem Augenblick formte sich in meinen Gedanken das unfertige Puzzle, dem nur noch ein Teil gefehlt hatte. Rauls Kuss vollendete es, schob das fehlende Teil an seinen Platz und verband es mit dem Rest. Nach all den Jahren war ich endlich vollständig. Es war die Liebe, die ich immer gesucht und die ich nun gefunden hatte.

Ich verlor mich in meinen Empfindungen, berauscht von seinem Geschmack entfesselte ich all die Leidenschaft, die ich versucht hatte zu unterdrücken und wimmerte unter seinem Kuss.

»Lass uns verschwinden«, keuchte er zwischen meinen Lippen und ich ließ mich nur zu gerne von ihm fortziehen. Während wir nur Augen für uns gehabt hatten, übersahen wir Surfer-Boy, in den ich nun beinahe hineingerauscht war.

»Na, haben sich die zwei Turteltauben endlich gefunden«, grinste er uns verschmitzt an. Ich wollte mit Raul alleine sein, *musste* mit ihm alleine sein. Jetzt. Sofort. Ich bemerkte, wie meine rechte Hand sich zur Faust ballte und schob sie lächelnd hinter meinen Rücken.

»Eric könnten wir das auf später verschieben, wir haben ... Dringendes zu erledigen«, bat ihn Raul, der ihn zu kennen schien.

»Das sehe ich. Geht mir nicht anders, ich wollte meine Glückwünsche aussprechen, bevor ich verschwinde.« Jetzt erst sah ich, dass er Jenny hinter sich an der Hand hielt, und schnappte empört nach Luft.

»Wusste ich es doch, dass ihr zwei da was Laufen habt. Wieso diese Heimlichtuerei, das hätte mir viel Ärger und Kummer erspart.«

»Das war seine Idee«, zeigte er zwinkernd auf Raul, der lediglich mit den Schultern zuckte und mir ein weiteres Lächeln schenkte, das mich jeglichen Ärger vergessen ließ. »Ich musste wissen, ob du den Verlockungen des Schönlings hier widerstehen konntest, doch wenn er offen sein unerwartetes Interesse an Jenny gezeigt hätte, wäre mein Plan nicht aufgegangen.« Entschuldigend schmiegte er sich von hinten an mich und fing an, mir kleine Küsse auf den Nacken zu hauchen. Wo waren wir stehen geblieben? Ach ja.

»Und wo war Eric dann die ganze Zeit hier im Club gewesen? Ich habe ihn nie im Saal gesehen, wenn es ans Vergnügen ging? War das auch eine Finte?«

»Ich halte nichts von Rudelvergnügungen«, sprang Surfer-Boy zu Rauls Verteidigung ein. »Ich befand mich zu diesem Zeitpunkt stets mit einer Auserwählten in den unteren Räumen.«

Mein Blick schnellte zu Jenny. »Wohin Sie auch jetzt unterwegs sind, richtig?«

»Richtig. Schlaues Frauchen hast du gefunden, Olivier. Behalte sie.« Dann zog er Jenny mit sich, die nie glücklicher ausgesehen hatte. Ich sorgte mich um sie, weil ich nicht wusste, ob diese Art der Ablenkung das Richtige für sie war, oder ob ihr Herz innerhalb kurzer Zeit erneut gebrochen werden würde. Aber es war ihr Wunsch, den hatte ich zu respektieren. Im nächsten Augenblick zog Raul mich bereits weiter und jeder ernsthafte Gedanke löste sich nach und nach im seligen Nichts auf, das sich in meinem Kopf breitmachte.

»Und ob ich dich behalte«, grinste er, während er mich durch die Vorhalle führte. Ich hatte irgendwie angenommen, dass wir ebenfalls in den Keller gingen, daher war ich überrascht, als er mit mir weiter lief und stattdessen eine Treppe nach oben nahm. Er musste meinen Gesichtsausdruck gesehen haben, denn er antwortete: »Ab heute ist alles anders Chérie. Du bist jetzt ein Teil meines Lebens.« Meine Kehle wurde trocken und ich musste den Drang unterbinden, laut loszuheulen.

Als wir im ersten Stock angelangt waren, folgte ich ihm an den unzähligen leeren Räumen vorbei, bis er vor einer Tür stehen blieb. Er sah mir tief in die Augen, als er sie öffnete. Sein Schlafzimmer. Ich hielt die Hand vor meinen Mund, weil ich verstand. Ich war nun Teil seines Lebens, Teil seines Alltags. Das hier war sein zu Hause und ich gehörte nun dazu. Diese Geste überwältigte mich, noch nie hatte mich etwas so glücklich gemacht wie dieser Moment, es fühlte sich unbeschreiblich an.

Vorsichtig zwängte ich mich mit meinem ausladenden Kleid in den Raum hinein und Raul folgte mir lachend. Sogleich machte er sich an den Schnürungen der Corsage zu schaffen und raunte mir ins Ohr, was er gedachte, gleich mit mir anzustellen. Seine Worte fuhren auf direktem Weg zwischen meine Beine und plötzlich konnte ich nicht schnell genug aus dem Kleid herauskommen, was sich jedoch als nicht so einfach erwies.

Endlich war ich es los, Raul hob mich sogleich in seine Arme und trug mich zu seinem riesigen Bett. Er hatte mir das Collier angelassen, um sich daran zu erinnern, wofür es stand. Ich schmiegte mich in die kühle, dunkle Seide seines Bettüberzugs und wartete mit flatterndem Herzen und verrückt spielendem Magen darauf, dass er endlich zu mir kam. Ich nahm jede Kontur, jeden Muskel und jeden Zentimeter Haut gierig in mich auf, nun, da ich endlich diese Augenbinde los geworden war, konnte ich mich nicht an ihm sattsehen.

Sein Gewicht, als er sich sanft über mich schob, war das pure Vergnügen. Ich schlang meine Arme um ihn, zog ihn zu mir und küsste ihn voller Verzweiflung, aus Angst, es könnte alles nur ein Traum sein. Ich verschlang ihn regelrecht mit meinen Blicken, nahm jede seiner Regung in mich auf und genoss das neue Gefühl, den Mann sehen zu können, der sich in mein Herz geschlichen hatte.

Er wirkte ungeduldig und ich konnte ihn verstehen, denn ich musste ihn ebenso spüren, sonst würde ich vergehen. Zeit konnten wir uns später noch lassen, denn davon hatten wir genug, doch in diesem Augenblick hätte ich nicht länger auf ihn warten können. Als er endlich meine Hüfte anhob und mich ausfüllte, konnte ich in seinen Augen seine Zuneigung und all die unausgesprochenen Dinge sehen, die zwischen uns standen und die wir noch zu klären hatten. In Zukunft. Denn ab heute würde alles anders werden.

O·

Sie lag in meinen Armen und schlief, während die aufgehende Sonne durch das Fenster schien und meine Sinne kitzelte. Noch nie hatte sich etwas so richtig und perfekt angefühlt. Lexi in mein Herz und mein Leben zu lassen, war die beste Entscheidung gewesen, die ich je getroffen hatte. Als ich ihr friedliches Gesicht betrachtete, während sie träumte, wurde ich von einem Glücksgefühl durchströmt, dessen Intensität mich ängstigte. Gleichzeitig wusste ich, dass ich es nicht mehr missen wollte, das hatte ich lange genug getan.

Manche waren ihr Leben lang auf der Suche nach dem einen Menschen, der das Sein komplettierte. Ich war nicht auf der Suche nach Liebe gewesen, doch ich hatte sie gefunden. Ein seltenes und sehr kostbares Geschenk, für das ich immer dankbar sein werde.

Danksagung

Mein größter Dank gilt meiner Familie, allen voran meinem Mann, denn ohne Dich wäre meine geliebte Leidenschaft nicht möglich.

Ich danke Linda von Herzen für dieses geniale Cover und Sarah für ihre Geduld beim Ausradieren meiner Fehler.

Meinen wundervollen Mädels Maria und Nancy möchte ich danken, weil es sie gibt und weil sie mir so ein großer Halt sind.

Ein besonderer Dank geht an meine Betaleser: An meine treue Seele Elvira, weil ich das Glück habe, dass sie jeden meiner Texte gerne liest und die besten Ideen hat und an Nicole, dafür, dass meine Figuren einen Platz in Deinem Herzen bekommen haben.

Außerdem danke ich den besten Testlesern, die man haben kann, allen voran Steph, die stundenlang das Eric-Problem mit mir entwirrt hat. Susanne, Karin, Jules, Sarah N. und allen Storyboard-Mädels, die mir geholfen haben, meine Geschichte zu verbessern.

Ich möchte Mel danken, die mir mit ihren wundervollen Worten eine schwere Last von den Schultern genommen hat.

Und letztendlich danke ich euch, meinen Lesern, die Spaß an meinen Geschichten haben, denn ihr macht mich zum glücklichsten Menschen der Welt.

Weil Liebe immer einen Weg findet

◇